目錄
CONTENTS

第三十四章　名分

二壘了，嘿嘿嘿。
紀念一下哈，2013年7月12日。
大美人親我啦哈哈哈哈。

——《蘇在在小仙女的日記本》

畫面像是靜止了下來。

張陸讓全身僵硬，動都不敢動。他的喉結滾了滾，眼神暗沉下來。漆黑如墨，隱晦不明。

蘇在在盯著他的眼睛，慢慢地鬆開了手。她鬱悶地垂下眼，小聲道：「你怎麼老是一副是我占你便宜的樣子。」

「……」

「我、我也是那什麼……初吻啊……」蘇在在越說越小聲。

沉默了一瞬，她挫敗道：「好吧，好像確實是我占你便宜。」

見他還是不說話，蘇在在有些惱羞成怒。

「不親就算了，我回家了。」

與此同時，張陸讓單手扯住她的手腕，把她帶了過來。另一隻手瞬間捂住她的眼睛，修長的手指帶了點涼意。碰觸到她的肌膚，卻使她臉上的熱度越發強烈。

蘇在在的呼吸一滯，心臟怦怦怦直跳，手緊張得握成拳，輕輕抵在他的胸膛上。

「妳別老是招惹我。」他的語氣有些委屈。

她還來不及說什麼，隨後，一片溫熱覆到她的唇上。

蘇在在的腦袋頓時劈里啪啦響，像是炸開了花。

張陸讓的動作很快，輕輕觸碰一下就分離開來。卻讓蘇在在感覺，唇上像是被他反覆碾磨輾轉過。火辣辣的燒了起來，比任何一個地方都要滾燙。

他的手依然放在她的眼睛上，沒有鬆開。

下一秒，蘇在在聽到他開了口。聲音低沉又沙啞，帶著一點情緒。

「我也忍不住。」

等他把手鬆開的時候，蘇在在睜開眼，看到他背對著她，悶悶地丟出了一句話，「我回去了。」

蘇在在也不知道該做出什麼反應。她表情呆滯，輕輕地「哦」了一聲。

聽到蘇在在的回答後，張陸讓才抬腳往回走。

蘇在在站在原地，沒有立刻回去。盯著張陸讓的背影，直到他走到轉彎處。然後，向左轉。

蘇在在頓時反應過來剛剛發生了什麼，她抬起手，試圖讓臉上的溫度降下來。傻乎乎地轉身，往家裡走。

等待電梯的時候，她突然想起，張陸讓的家，不是……往右的嗎？

蘇在在走進房間，坐在床上，抱著枕頭發呆。

半小時後，她猶豫地打開手機，傳訊息給張陸讓。

——『2013年7月12日，我們親親啦～』

張陸讓：「……」

他立刻丟開手機，將臉埋入枕頭裡。

房間裡，冷氣發出「呼呼」的運作聲。床下的酥酥正在睡覺，呼吸聲規律又淺。光線很暗沉，唯有窗外照射進來的月光，以及床上手機發出微弱的光。

許久後，似乎覺得有些悶，張陸讓翻了個身。藏在枕頭裡頭的嘴角，悄然無聲地彎了起來。

似乎猜到他不會回覆，很快，蘇在在再度傳來兩則訊息。

——『讓讓，我數學好差呀。』

──『你幫我補補好不好，我沒錢上補習班（可憐）。』

他用手背抵著唇，慢慢地打了個字。

──『好。』

隔天下午，蘇在在把要用的書塞進書包裡，背上，往樓下走，到樓下跟張陸讓會和。

兩人往菁華附近的一家甜點店走去。

見到她的時候，張陸讓的表情有些不自然。他想當作沒發生過，沒有說話。可蘇在在卻厚顏無恥地開口問道：「你覺得滋味怎麼樣？」

張陸讓：「……」

「不瞞你說，我覺得我五官裡，嘴唇長得最性感了。」

「……」

「你喜歡嗎？想不想再親一次。」

張陸讓停下腳步，面無表情地看著她。

見狀，蘇在在立刻改口：「走吧，讀書。」

就算她及時換了話題，張陸讓還是皺著眉教訓她，「妳別老想這些。」

這話她可忍不住，反駁道：「你昨天沒親我嗎？」

「……」

蘇在在蹦跳到他面前，跟他面對面，倒退著走，「名分你給不給我，給我個明確的回答。」

張陸讓把她扯了回來，說：「好好走路。」

「唉，你怎麼這麼……」蘇在在鬱悶得要死，「我要說你什麼好……」

「……」

「唉，兩年，你自己想吧。」蘇在在壓低聲音，威脅他，「我、我也是有可能喜歡上別的男生的。」

聞言，張陸讓轉頭看她。

雖然不知道有沒有用，蘇在在還是心虛的繼續說：「我跟你說真的，你……」

張陸讓打斷她的話：「給。」

聽到了意想中的答案，蘇在在「哦」了一聲，沒再說話。她垂下頭，嘴角翹了起來。

沒走幾步路，身旁張陸讓再度啟唇。

「不要喜歡別的男生。」他悶悶道。

兩人走進甜點店裡，找了個靠窗的角落坐下。店裡的環境很好，暖黃色的燈光顯得格外溫馨。輕音樂在耳邊迴盪著，令人心情舒適。

蘇在在先坐了下去，然後拍了拍旁邊的位子，示意他坐下。

張陸讓本想坐到對面，見她這樣還是乖乖的坐到她旁邊。

兩人點了兩杯飲料就拿出作業本。

蘇在在從作業本裡抽出期末考試的試卷，翻了翻，然後說：「我感覺前面的題目我沒怎麼錯，但是後面三大題都不會……」

張陸讓拿過那張試卷，一一掃過她寫在上面的答案。期末考試的試卷還沒改，所以蘇在在也不知道她錯了多少。

張陸讓垂著眼，低聲問道：「妳考了多少分？」

「這次考了一百零二！」她驕傲道。

他提起筆，圈出她錯了的題目：「選擇題妳錯了四題，填空題兩題，三十分。」

蘇在在不敢相信：「不可能吧，那我怎麼拿到一百零二！」

「……」

她不想面對現實，開始把原因放在他身上，說：「讓讓，你別以為你的答案就是正確答案。」

張陸讓：「……我拿了滿分。」

「哦。」蘇在在垂頭，虛心請教，「哪裡錯了？」

還沒等他開口，蘇在在繼續道：「這樣一算，我選擇填空拿了四十分，這就說明我大題拿了六十二分……」

「……」

「不是吧，我後三大題全部亂寫的啊！」

張陸讓額角一抽，開始講解。

講完一遍後，蘇在在鬱悶道：「這裡為什麼左加右減？」

「……」他繼續講。

「唉，我還是不會。」

張陸讓決定再講一遍。他剛張嘴，話還沒出來。

蘇在在嬉皮笑臉道：「你親我一下我說不定就會了。」

他側頭看她，冷聲道：「妳是不是想回家。」

「……講下一題吧。」

等他把最後一題講解完，蘇在在消化完後，才說：「讓讓，我幫你講英語吧，這次英語可難了。」

張陸讓：「……」

「你考了多少呀。」

張陸讓猶豫了一下，答道：「八十多。」

蘇在在眨了眨眼：「你怎麼進步得那麼快。」

他沒回答。

蘇在在托著腮，不知道在想什麼。

過了一下，她莫名的問了句：「讓讓，如果我考不上Z大怎麼辦。」

張陸讓翻開她眼前的作業本，沒把她的話放在心上，「好好寫。」

張陸讓回B市的前一天晚上，他猶豫了一下，還是把蘇在在叫了出來。

蘇在在心情很低落，走到他面前也沒主動說話。

張陸讓扯住她的手腕，把手中的袋子給她：「拿著。」

「哦。」她乖乖接過。

蘇在在打開看了一眼，七排果凍。

很快，她聽到張陸讓開了口：「妳一天吃一個，吃完我就回來了。」

聞言，蘇在在抬頭看他。

張陸讓揚著唇，耐心地哄她：「然後我再給妳下次的。」

她的心情莫名好了些，小聲道：「知道了。」

張陸讓猶豫了下，硬著頭皮叮囑道：「不准跟別的男生玩。」

第三十五章 果凍

為什麼每天只能吃一個果凍。
為什麼國慶連假才能見到大美人。
為什麼，國慶連假見到他的時候。
那麼幸福的時刻，他卻不相信我每天真的只吃了一個果凍:)

——《蘇在在小仙女的日記本》

下午放學後，蘇在在先回宿舍洗了個澡。洗完衣服後，她用搭在脖子上的毛巾擦著頭髮。走到櫃子旁邊，拿出手機看了一眼。

蘇在在在午休前傳訊息給張陸讓。

——『你的新同學怎麼樣呀，學校環境好不好？』

他剛回覆：『都挺好的。』

看到這句話，蘇在在雖然覺得鬆了口氣，但莫名其妙的，又有些鬱悶和不悅。她抿著唇，直接問道：『我不在也好？』

等了一陣子，沒等到回覆。

蘇在在也沒在意，把手機放回去，而後拿起吹風機到洗衣房吹頭髮。

十分鐘後，蘇在在回到寢室裡，把吹風機放進櫃子裡。

恰好看到螢幕亮了起來。

張讓讓傳來一則訊息。

——『嗯。』

蘇在在：「……」

她還沒來得及發火，那頭再度傳來兩個字。

——『不好。』

走出宿舍才發現外面下雨了。

蘇在在重新回宿舍拿了傘，想了想，她走到櫃子前，再傳了幾則訊息給張陸讓。

蘇在在：『Z市這邊下雨啦。』

蘇在在：『如果你那邊也下雨了，記得帶傘。』

蘇在在：『不要淋雨。』

她猶豫了一下，最後還是把手機放了回去。拿到教室肯定會忍不住找他聊天。說不定還會影響到讓他也帶手機去教室了。

蘇在在沒再多想，出了門。

夏天的雨，來得急躁，嘩啦嘩啦的砸在地上。空氣中混雜了泥土的氣息，讓人心生躁意。

蘇在在小心翼翼地避開路上大大小小的水坑，先到福利社買了幾支筆芯。走出福利社，她下意識的轉頭，看向校門口的方向。

想起了第一次見張陸讓的時候。

感覺，時間過得好快。跟他待在一起的時間，好像一晃就過了。

她突然覺得好難熬。

蘇在在坐回位子上。她放下書包，伸手從桌子側邊掛著的袋子裡拿了個果凍出來。

王南單手撐著太陽穴，側身看她，「妳還真的一天吃一個。」

蘇在在撕開上面那層包裝紙，發出「刺啦」一聲。

第十一個，第二排還剩一個，總共還有三十一個。

但離連假好像只剩二十五天了。

大美人是不是多給了一排……

她還沒想清楚，旁邊的王南開口道：「欸，給我一個。」
蘇在在立刻拒絕：「不行。」
「……蘇在在，妳真是越活越摳門。」
「……」
「妳最近怎麼都不說話啊。」
蘇在在敷衍道：「我要留著精力好好讀書。」
過了一下，王南還是忍不住，再度道：「我生日的時候妳來不來，去豪庭唱歌。」
聞言，蘇在在有些猶豫，想著怎麼拒絕。
大美人不讓她跟別的男生玩呀。
「來吧，我請的都是以前九班的。而且才高二，那麼緊張幹嘛。」
蘇在在想了想，問：「什麼時候？」
「十月三號。」
這個時間讓蘇在在原本動搖的心瞬間穩住，立刻道：「不去，我有事。」
王南沉默了一瞬，說：「那四號？」
蘇在在垂下頭，把裝果凍的塑膠殼扔到一旁的垃圾袋裡，認認真真的開了口：「連假七天我都沒空。」
不確定他是不是有那個想法，蘇在在還是很刻意的補充了一句。

「我要陪男朋友。」

蘇在在滑社群的時候，突然滑到一句話。

——公款吃喝三千億，我們國家才十三億人口，每人分一億，還剩兩千九百八十七億呢，用得著這樣嗎？

她忽然覺得很有道理，長按複製，貼上給張陸讓看。

蘇在在：『這些人，真的是太貪心了。』

蘇在在：『我覺得國家欠了我一億。』

傳完之後，蘇在在繼續滑手機，恰好看到姜佳分享了一則貼文，還標記了她。

『@姜佳不吃薑：妳看第三張像不像妳家那位。@很蘇的小仙女//@小竹已：B大各系系草TAT媽媽我要複讀（流淚）【圖片】【圖片】【圖片】【圖片】【圖片】【圖片】』

蘇在在直接戳進第三張看了一眼。好像是挺像的，五官的輪廓差不多。不過還是張陸讓長得比較好看。

蘇在在把圖存了下來，剛想傳給張陸讓。

他剛好回覆：『……』

張陸讓：『3000億/13億=230.8』

蘇在在愣了一下，抬了抬眼，看看自己剛剛傳了什麼。想明白後，她也不覺得尷尬，笑嘻嘻地回道：『那就 230 塊。』

等了一下，沒等到他的回覆。

蘇在在把圖片傳給他看，氣泡前的小圓圈不斷轉動著，很快就變成一個紅色的圈，裡面是一個白色的驚嘆號。

她滑開通知欄看了一眼，wifi 斷掉了。

蘇在在重新連了一次，一連上，就收到他的訊息。

——『（轉帳紅包）還有三十塊回去還妳。』

蘇在在沒點開，覺得有些好笑。她彎著唇，敲打著螢幕。

蘇在在：『你是國家嗎？』

一分鐘後，他說：『不是。』

張陸讓：『但我想給妳。』

蘇在在的呼吸一滯，她能想像到，如果他現在就站在她的面前，大概會別開腦袋，不敢跟她對視。

可就是，想對她好。

連假的第一天，雖然張陸讓說中午才到，蘇在在還是早早地起了床，興奮得根本睡不著。她看了看時間，現在張陸讓應該還在飛機上

但蘇在在還是忍不住傳訊息給他：『你到了嗎？』

在床上打了幾個滾後，她才起床去洗漱。

在冰箱裡找了點吃的，蘇在在便回到房間裡寫數學題。寫完選擇題後，她想了想，再傳訊息給他。

——『要不要在總騎單車去接你。』

傳送成功後，她繼續陷入題海中。

蘇在在卡在一題過不去，在計算紙上塗塗畫畫著，不知不覺就趴在桌子上睡著了。

半晌後，她被一旁的手機震動聲吵醒。

蘇在在立刻抬起頭，摸起手機看了一眼。

張陸讓打電話給她。

蘇在在連忙接起來，興奮地喊了聲：「讓讓。」

張陸讓的心情似乎不錯，聲音帶了點笑意，『到了。』

她直接從椅子上跳了起來：「你在哪？」

聽到他的回覆，蘇在在立刻往外跑，下了樓。

看到張陸讓的身影時，她莫名的眼睛一酸。

蘇在在沒了剛剛那般急切，慢慢地走到他面前。

沉默了一瞬後，她垂著頭，低聲問：「你要不要抱抱我。」

蘇在在想，如果他拒絕了，那她就直接撲上去。

還沒等她撲上去，張陸讓驀地握住她的手腕，用力一扯。清透凜冽的氣息瞬間向她撲來。

只抱了一瞬，他便鬆開來。

張陸讓抬起手揉了揉她的腦袋，軟下聲音問：「果凍吃完了嗎？」

沒想過張陸讓會真的抱。

蘇在在的心瞬間冒起了粉紅色的泡泡，她乖乖地回答：「還有一排。」

想到這個，她有些好奇。

「你怎麼多給了我一排呀？」

聽到這個問題，張陸讓猶豫了一下，最後還是選擇實話實說。

「不相信妳會真的一天只吃一個。」

「……」

第三十六章 神魂顛倒

唉，怪我。

怪我長得不夠好看，沒有那種能讓他一見鍾情的能力。

不過，成功當然是靠後天的努力。

我就是個例子。

——《蘇在在小仙女的日記本》

注意到蘇在在投過來的視線，張陸讓舔了舔唇，破天荒的想改口。但他實在不知道改成什麼話，能讓她感覺自己一點都不刻意。

還沒等他說出話來，蘇在在語氣沉重，慢悠悠地開了口。

「讓讓，我跟你說。正常來說，這種情況我應該要生你氣才對。」

「……」

「不過才七天，我就不浪費時間在這上面了。」

她的聲音倏地低了幾分，像是在喃喃自語。腦袋也低垂著，宛若引人去撫摸。

張陸讓的心臟瞬間軟得一塌糊塗，他張了張嘴，輕聲道：「我……」

還沒說完，蘇在在立刻抬起頭，哼唧了聲：「那就先欠著吧。」

「……」

「等以後有空了，我再來教訓你。」

「……」

她苦口婆心道：「讓讓，做人不能恃寵而驕。」

「……」

「唉，你真是被我寵壞了。」提到這個，蘇在在有些驕傲。

張陸讓挪開眼，不想理她。

盛夏時節，悶熱無風，柏油路被陽光暴曬，泛出點點銀光。路上的行人撐著太陽傘，來去匆匆。

蘇在在急著出門，也沒帶傘。她摸了摸額頭，提議道：「讓讓，我們去上次附近那家咖啡館吃東西吧。」

張陸讓點點頭：「好。」

隨後，他從書包裡拿出一把純黑色的遮陽傘，遞給蘇在在。

蘇在在下意識接過。她拿著傘，沒半點動作。

張陸讓等了半分鐘，忍不住問道：「怎麼了？」

「沒什麼。」蘇在在嘆息了聲，「就是突然感覺，以後我們結婚了，換燈泡修水管這些事情大概都是我來做。」

張陸讓：「……」

蘇在在邊說話邊把傘打開，抬手舉高，「過來，細皮嫩肉的，不能曬。」

「……妳自己撐。」

「我剛剛說騎單車去接你，你拒絕了我。」

「……」

「現在我要幫你撐傘，你也拒絕我。」

「……」

蘇在在看了他一眼，趁機摸了摸他的手，然後若無其事的說道：「你真像個小公主。」

張陸讓額角一抽，把她手中的傘拿了過來。

傘面一傾，一大半都蓋在她的身上。

蘇在在側過頭，盯著他握住傘柄的手。白皙修長，潤華如玉。

她垂頭看了看自己的，有些認真地問道：「讓讓，你覺得我們第一次牽手是我主動還是你主動？」

這種問題是直接問的嗎……

張陸讓有些不知所措。

他還沒想好怎麼回答，就聽到蘇在在鬱悶地開口，「唉，不能指望你。」

張陸讓莫名有些不悅，沉下聲音：「蘇在在。」

聞言，蘇在在再接再厲，「我的地位什麼時候能從蘇在在變成在在。」

「……」

「你看，你又不說話了。」蘇在在開始教訓他，「除了第一次接吻和擁抱是我逼迫著主動來的，大概以後什麼都要我來主動。」

他別開臉，沒說話。

蘇在在掰著手指，一條一條的說：「牽手還沒試過，還有什麼……哦，脫衣服……在床上……」說到這裡，她頓了頓，喃喃道：「這樣想好像也不錯。」

張陸讓實在忍不下去了，「別胡說八道。」

「好吧，都我來主動。」蘇在在心情大好，不再跟他計較那麼多，「你長得好看就夠了。」

「……」算了，他不說話了。

幾分鐘後，蘇在在又道：「不過我還是挺想看你狂野奔放的樣子的。」

場面沉默了一瞬。

「蘇在在。」他淡淡道。

「啊？」

張陸讓第一次威脅她，「妳再不正常點我回家了。」

「……」

兩人走進一家咖啡館裡。店裡零零散散的坐著幾個人，很安靜。燈光有些昏暗，氣氛曖昧。

找了個位置坐下，張陸讓點了杯咖啡。他想了想，幫蘇在在點了杯鴛鴦奶茶還有一個熔岩巧克力蛋糕。

蘇在在托著腮，還在想剛剛的事情。

「讓讓，你威脅人的方法，我小學就用過了。」

「……」

她笑嘻嘻地模仿：「哼！你再這樣我就回家了！」

張陸讓面無表情地看著她。半晌後，他輕聲道：「妳回吧。」

「……」蘇在在立刻轉移話題：「我跟你說，姜佳跟關瀚在一起了。」

「嗯。」

「他們兩個剛好都在理組十二班。」

「……」

「我還沒嚐過跟你待在同個班的滋味。」蘇在在悶悶道。

他望了過來。

蘇在在揚起唇，跟他說之前在腦海裡意淫的內容，「想坐你旁邊，然後裝作跟你借筆，趁機摸你的手。」

「……」

「或者是，假裝筆掉了，彎下腰撿的時候，假裝不經意碰到你的腿。」蘇在在越想越覺得這撩人的方法好，她喜滋滋地問道：「我這種方法是不是更容易追到你。」

張陸讓沉默了一瞬，認真道：「我可能會報警。」

蘇在在頓時不知道該說什麼。看著他那副嚴肅的模樣，她簡直要氣笑。

可她想到未來，同一所大學，同一個前進方向。

蘇在在恍了神，輕聲問：「讓讓，我們會一直在一起吧？」

她覺得她的喜歡，太過熾熱，好像一生都燃不盡了。

聽到這話，張陸讓愣了一下。

兩人的視線對上，蘇在在看到他彎了彎唇，小聲道：「會的。」

妳知道嗎？不是只有妳離不開他。

他也離不開妳。

把蛋糕吃完之後，蘇在在還是不想回家。她托著腮，問道：「那你下次回來是不是就是寒假的時候了。」

「嗯。」他低聲應道。

「可是寒假還包括新年啊，這麼一算，半個月都不到。」

想到這個，她的心情頓時低落了不少。

張陸讓也不知道該說什麼。

過了一下，蘇在在不滿地嘟囔著：「剛在一起就異地，我這運氣也是……」

「……」

「你學校有什麼漂亮的女生嗎？」她問。

張陸讓認真地想了想：「不知道。」

蘇在在瞪大了眼，指責他：「你居然說不知道，你不應該立刻說沒有嗎？不管再漂亮的人站在你面前，你都該覺得我是最好看的啊。」

張陸讓看著她，眼底有著不知名的情緒，像是在掙扎著怎麼回答。

過了一下，他垂下頭，不敢看她，「我喜歡妳。」

蘇在在的心跳漏了半拍。

她還沒來得及激動，就聽到張陸讓繼續道：「不是因為妳的臉。」

「……」

為什麼她覺得，大美人回了一趟B市，好像沒有以前那麼單純可愛了。

蘇在在也不想再說話了。

張陸讓嘆息了聲，主動開口：「妳要好好念書。」

「……哦。」教務主任又來了。

「下學期就要模擬考了，理科別再不聽了。」

「嗯。」蘇在在開始敷衍。

他安靜了下來，大概是過了幾分鐘吧。

「我放不下心。」他喃喃道。

將最後一口飲料喝完，兩人起了身，往家裡走。

外頭的天氣倏地就陰沉了下來，大團的烏雲聚集在一起，密密麻麻的，像是山雨欲來。

見狀，蘇在在也懶得再撐傘。她走在張陸讓旁邊，笑嘻嘻道：「讓讓，你記不記得我們第一次見面呀。」

「……嗯。」

「那你是什麼想法？」

就……第一次見面就被她罵了，是什麼感受。

他好像也沒因為這個，就對她態度不好。

張陸讓沒回答。

蘇在在突然笑了聲，說：「我覺得，你當時應該是在想……」

他側頭，耐心的等待著她接下來的話。

「怎麼勾引我。」

張陸讓完全理解不了她為什麼會得出這樣的結論。他立刻皺了眉頭，一字一頓道：「別胡說。」

蘇在在厚顏無恥道：「我哪胡說。」

「……」

「你只差沒舉個牌叫我趕緊喜歡上你，然後去追你了。」蘇在在越想越覺得有道理，「你真幸福，什麼都不做，就能得到一個漂亮老婆。」

張陸讓沒說話，任她亂想。

「我為什麼不能長成那種，能讓你一見鍾情的模樣。」她忽然覺得有些可惜。

他忽然笑了下，伸手揉了揉她的頭髮，說：「這樣就很好。」

兩人走進社區裡，看到路過的一對雙胞胎，蘇在在突然想起之前在社群上看到的那張照片。她邊打開手機，邊問道：「讓讓，你有哥哥嗎？」

張陸讓搖了搖頭：「沒有。」

蘇在在頓時沒了給他看那張照片的欲望。

過了一下，張陸讓繼續道：「只有個弟弟，比我小一歲。」

聽到這話，蘇在在來了興致：「你有弟弟啊？」

「嗯。」

「你們長得像嗎？」

張陸讓思考了下，不太確定，「應該挺像的。」

「性格也像嗎？」蘇在在愛屋及烏般地繼續問。

這次他回答得很快：「不。」

蘇在在還想繼續問。

張陸讓主動開口道：「他性格很好。」

明朗向上，像是陽光一樣。不像他，孤僻又寡言。

蘇在在眨了眨眼，認真道：「你也很好。」

張陸讓沒說什麼，像是瞬間冷了場。

蘇在在半開玩笑道：「你們誰長得更好看呀。」

他依然回答的很快，「我弟。」

蘇在在哼了聲，糾正他的話：「我家讓讓最好看。」

他忽然垂下頭，彎了彎唇。

見狀，蘇在在繼續誇他：「美到讓人神魂顛倒。」

張陸讓笑出了聲。

隨後，他認認真真的承認了下來，「嗯。」

第三十七章　兄弟

我喜歡她。
我不知道她為什麼喜歡我。
但她能喜歡我，我很高興。
我會一直對她好。

——張陸讓

張陸讓訂了週六上午的機票回去。臨走前，他送了一本題庫給蘇在在。

——2014 年理科學業水準測試。

蘇在在傻了：「所以果凍呢。」

見她一副快要爆發的模樣，張陸讓舔了舔嘴角，認真的解釋道：「吃太多果凍也不好，妳把這些題做完我就回來了。」

與此同時，蘇在在看到了封面上那個巨大的「20」。

二十份。

一份包括物理、化學、生物三科。

一科六十題選擇題，三科加起來一百八十題。

她沉默了一瞬，輕飄飄的丟出了一句話：「你是不想再見到我了吧。」

張陸讓：「……」

「而且還有……」蘇在在掰著手指算了算，「八個月才模擬考，我就算現在寫了，到那時候都忘光了。」

他抿著唇，冷聲道：「三科都要拿C才能上國立大學。」

蘇在在毫不在意：「我總不可能連五十分都考不到吧，全是選擇題呢！我會做二十題，再猜十題，我就五十了，能有多難。」

不是說，妳做對三十題就能拿五十分。

「……配分不一樣。」

他沒把這句話說出來。

蘇在在撕開外面那層透明的包裝紙，把試卷抽了出來。她垂下眼，隨意地翻了翻。還是覺得沒什麼難度。

蘇在在有些困惑：「你在擔心什麼，只有選擇題呀。」

上高二後，每週物化生都只剩一節。

她每次想趁著這幾節課寫別的科目的試卷的時候，想起他的話都會默默地放下試卷，好好聽課。

所以蘇在在覺得完全沒壓力。

但張陸讓的想法明顯跟她的不一樣。

「怕妳猜的都不對。」他的眼底有些憂愁，「有大題還能寫公式拿分。」

提到她的成績，感覺他就特別認真。

雖然蘇在在挺高興他這麼關心她的，但是，她還是忍不住問：「你為什麼那麼肯定我一定是猜的？」

他垂下眸子，凝視著她的眼。

蘇在在被他盯得有些不好意思，稍稍側了頭。

金燦燦的光透過樹葉間的縫隙撒了下來，其中一束正好投在蘇在在的眼上，讓她忍不住皺了眉。

張陸讓下意識的抬起手，擋住那道光。

然後，蘇在在聽到他開了口，聲音低潤如玉，像是微風拂過耳側。

「啊。」他恍了神，像是陷入回憶當中，很快就回過神來，語調帶笑，「——鎂鋁鈉矽磷。」

蘇在在一下子就想起了之前在他旁邊背元素週期表。

她也不太在意，厚著臉皮將他後面三個字忽略，「你誇我是美女。」

張陸讓愣了下，認真問道：「妳分不清ㄌ和ㄋ嗎？」

蘇在在面不改色的點點頭。

他垂下眼，像是在回憶著她以前說的話，很快就抬起頭，想反駁她的話。

蘇在在適時的開了口，嬉皮笑臉道：「比如，那個讓讓。」

聽到自己的名字，張陸讓下意識的看著她的雙眼。

她的笑眼彎彎，閃著星星點點的光。紅唇輕啟，一張一合，「我會說成，辣個讓讓。」

張陸讓額角一抽，剛想說些什麼，口袋裡的手機響了聲。他拿出來看了一眼：「我得走了。」

蘇在在的好心情瞬間蕩然無存，她下意識的握住張陸讓的手腕，小聲問道：「我不能送你到機場嗎？」

「不能。」他立刻拒絕。

「哦。」

他嘆了口氣，解釋道：「我不想妳一個人回來。」

蘇在在沉默了一瞬，很快就開了口，聲音軟軟的，像在撒嬌。

「你說的我都聽。」

「你讓我每天只吃一個果凍，讓我好好聽課，讓我別跟別的男生玩，我都做到了。」

「題目我也一定會寫的。」

「我那麼乖，你要不要經常回來看看我。」

張陸讓摸了摸她的頭，他的喉結滑動了兩下，忍不住低下頭。吻她。

繾綣至極。

張陸讓推開家門，走了進去。房子裡很安靜，看起來有些冷清。他沉默著換了雙室內拖鞋，到冰箱拿了瓶水，隨後便往房間走。

張陸讓跟蘇在在說自己到家了後，直接翻出試卷來寫。

不知不覺就過了一個下午。注意到窗外天都黑了，他側頭看了手機一眼，七點了。

張陸讓站了起來，出房門，往樓下走。

父母和張陸禮都從外頭回來了，此時正坐在餐桌前吃飯。

看到他，張陸禮愣了下：「哥，你回來了怎麼也不說一聲。」

張陸讓漫不經心道：「剛回來。」

說完後，他走到廚房裡裝了一碗飯。

剛坐下來，張母皺著眉開口問道：「你怎麼老是往你舅舅那邊跑？這個假期我本來都幫你安排好家教了……」

張陸禮有些忍不住，打斷她：「媽，吃飯別說這些行嗎？」

張母頓了下，重新問了遍：「阿讓，你去你舅舅那邊幹什麼？」

聞言，張父也板著臉道：「你之前是因為要去那邊上課，你現在過去幹什麼？你舅舅年齡也不大，你別老麻煩他。」

張陸讓夾菜的動作一頓，終於開了口，「我寒假的時候還會過去。」

張母立刻反對：「不行！你過去幹什麼？下學期都高二下學期了，你能不能讓我省省心？」

「我要過去。」他難得強硬。

張父嘆息了聲，對著張陸禮道：「阿禮，去把他的身分證拿給我。」

張陸讓驀地抬起頭，不敢置信地看他。

張陸禮停下了筷子，沒動。

張母對張陸讓失望至極，再次重複起以往經常說的話，「你能不能學學阿禮……」

張陸禮立刻側頭，崩潰地大喊，「媽！妳能不能別說了？」

蘇在在坐在書桌前，正打算抽出一張試卷來做。手機震動了下，姜佳傳來訊息。

姜佳：『我靠，我跟妳說。』

姜佳：『我上次不是讓妳看那個B大系草的文嗎？』

姜佳：『留言裡有人說！第三張！大二了！』

姜佳：『但是！才！十！五！歲！啊！』

姜佳：『我靠！』

蘇在在愣了一下。

第三張？像張陸讓的那張嗎？

她眨了眨眼，抿著唇回覆了句：『6666』

莫名其妙的，她想起了前幾天跟張陸讓的對話。

──「讓讓，你有哥哥嗎？」

──「沒有。」

──「只有個弟弟，比我小一歲。」

一個畫面倏地湧入張陸禮的腦海中。他敲了敲張陸讓的房間，沒得到回應。隨後，他打開了門，看到張陸讓正躺在床上睡覺。

窗沒關，風從外頭吹了進來。

將桌子上的書吹的嘩嘩作響，一頁又一頁的翻著。

正好停在其中一頁上。

他下意識看了過去。

——如果他們只生了阿禮，那該有多好。

張陸讓的字跡，他哥哥的字。

張母被他吼得一愣，吶吶道：「我說錯什麼了？」

「你跟你媽什麼態度說話。」張父皺了眉。

張陸禮紅了眼，哽咽道：「別說了。」

一個家庭裡，有兩個孩子。

父母雙方同時把愛都給了其中一個孩子。被冷落的那個漸漸變得沉默寡言。而被寵愛著的那個，也開始變得戰戰兢兢。

這樣的家庭，有多畸形。

連孩子都覺得不妥，父母卻覺得沒有任何問題。

張陸讓就一直生活在這樣的地方。

因為弟弟太過優秀，他從小在所有人失望的聲音中長大，不管他多努力都沒有用。

——「喂，張陸讓，你弟還比你高三個年級？」

「你是張陸禮的哥哥？上次排年級多少？……嘖。」

「怎麼哥哥比弟弟差那麼多啊。」

「阿讓，你在驕傲什麼？你弟弟次次都滿分啊。」

「唉，不想說你什麼了，不會的你問你弟啊。」

——

——

——

那天，張陸讓推開了張陸禮的房間。

他告訴自己，不懂的就要問，沒什麼好羞恥的。

張陸讓鼓起勇氣，把手中的作業本放在他的眼前。

「阿禮，這題你會嗎？」

可張陸禮那時候還小，他也不懂事。他不知道自己說的話，對張陸讓造成了多大的傷害。

「會啊。」

張陸讓剛想讓他講解一遍，就聽到他開口問：「哥，為什麼這麼簡單的東西你都不會？」

等到以後，不管過了多少年，張陸讓都忘不了這句話，像是壓死駱駝的最後一根稻草。

因為這句話，他主動打了林茂的電話。

第一次，哭得像個孩子。

第一次，像是無法承受般的，對現實低了頭。

「舅舅，我不想待在這邊了。」

「……我能不能，去你那邊讀書。」

張陸讓從B市逃到Z市。

然後，他遇見了蘇在在。

一個，將他骨子裡的自卑……一一剔除的人。

第三十八章　多好的張陸讓

她問我，什麼時候我能喊她一聲在在。
我得練習一下。

——張陸讓

場面瞬間安靜了下來，張陸讓把碗放回桌子上，發出清脆的聲響。他站了起來，輕聲道：「我吃飽了。」

張母掃了他的碗一眼，皺眉道：「你還沒吃幾口。」

碗裡的飯幾乎是滿著的，根本沒吃幾口。桌面上的飯菜還熱騰騰的，冒著熱氣。

暖黃色的光從頭頂照射了下來，卻不顯半分溫暖。

張陸讓正想往樓上走，一旁的張陸禮用手揉了揉眼，討好地說道：「哥，你吃飯啊。」

他的腳步一頓，最終還是坐了回去。

餐桌上，張母依然說著話。

她的聲音很溫柔，傳入張陸讓的耳中，卻像是帶了刺。

吃完飯後，張陸讓回到房間。他打開書桌前白亮的檯燈，發出「呀」的一聲。

張陸讓坐了下來，拿起手機看了一眼。

檯燈的光太亮，讓他有些看不清手機上的內容。

張陸讓調高了亮度，瞬間看清了蘇在在傳給他的話。

——『我想了想，總不能老是你來找我吧。』

——『要不然寒假我去你那邊玩？』

張陸讓垂著眸，思考著怎麼回答，手指卻不受控制地動了起來，撥通了她的電話。

響了一聲後，蘇在在就接了起來，『讓讓。』

「嗯。」

『你怎麼打電話給我了呀。』

「……」

『你心情不好嗎？』

「沒有。」

她也沒再問，扯開了話題，『今天姜佳跟我說，疊字名的人都長得很好看。』

「是嗎。」張陸讓悶笑了聲。

蘇在在認真道：『怪不得你叫張讓讓。』

張陸讓：「……」

『不過我覺得，』蘇在在繼續拍馬屁，『區區一個名字，根本無法左右你的容貌。』

沉默了一瞬。

張陸讓突然問道：「妳怎麼知道我心情不好。」

『因為我不在你身邊啊。』她厚顏無恥道。

她原本以為，張陸讓會否認。

哪知，下一秒，他有些疑惑的喃喃低語，「妳怎麼都能猜對。」

蘇在在那頭安靜了下來。

很快，張陸讓的耳朵裡傳來一陣『嘟嘟』聲。

與此同時，門被敲響，叩叩叩三聲。他下意識抬起了眼，輕聲道：「進來吧。」

張陸禮慢慢地擰開門把，走了進來。他習慣性地走到張陸讓身後的床，沉默著躺了上去。張陸禮側頭，看著張陸讓的背影。

燈光打在他的黑髮上，散發著淺淺的光暈。這個角度剛好能看到他手中拿著手機，認真地敲打著螢幕。

房間裡很安靜，敲打手機螢幕沒有聲音。

沒有翻書的聲音，床上的人一動也不動，像是沉睡了那般。

兩人，誰都沒開口，半晌後，張陸讓翻了翻面前的英語單字本，夾在裡頭的一張便利貼掉了出來。

淡藍色，外緣變得有些皺折。

他感冒那天，蘇在在貼在藥盒上的——在總的寵愛。

張陸讓啟唇，無聲的開了口，一字一句：「在在。」

他失了神。很快，聽到後面翻身的動靜，張陸讓才回了頭。同時，張陸禮放下了遮擋在眼前的手臂。

張陸讓這才發現張陸禮還待在他的房間。

「回你房間。」他淡淡道。

張陸禮坐了起來，腦袋低垂著，沒說話。

B市已經開始降溫了，冷風順著開了一個小縫的窗戶中吹了進來。呼呼的吹著，讓穿著短袖短褲的張陸禮忍不住打了個哆嗦。

注意到他的動靜，張陸讓起身去關窗。他剛走到窗戶前，身後的張陸禮突然開了口，語調低沉又啞，是想哭的腔調，「哥，我是不是不應該跳級。」

張陸讓愣了下，回頭：「什麼？」

他不再重複，下一秒，張陸讓就反應過來，伸手去推窗戶，將那唯一的小縫澈底關上。房間裡的溫度瞬間不再冷到讓人發顫。

暖意漸漸襲來。

「阿禮，不關你的事。」他認認真真地答。

張陸禮抬起頭，撞上他的眼。那裡頭滿是星光點點。

那是釋然了的光。

二〇〇九年，林茂因為工作緣故，搬到了Z市定居。臨走前，他對張陸讓說：「不要跟任何人比較。」

張陸讓垂著頭，沒說話。

二〇一〇年，林茂請了假，從Z市趕到B市。

他走進張陸讓的房間。

張陸讓順著聲音，轉頭看向他。他的臉上還帶著幾分稚氣，五官曲線柔和，還是一個沒長大的孩子，「不是我要跟他比較……是所有人，都拿我跟他比較。」

林茂的喉間一哽，瞬間什麼話都說不出來。

「你怪阿禮嗎。」他問。

張陸讓沒說話，沉默著搖了搖頭。

其實這麼細想，張陸讓似乎從來沒有對張陸禮發過火。

所有人都在誇張陸禮，貶低他。他也從來沒有就此放棄自己，沒有就此墮落。

林茂不知道他是從什麼時候開始變得這麼沉默寡言，慢慢的戴上一層冰冷的面具。看似對這個世界冷漠，實際上，他卻溫柔到了極致。

世界對他不好，他依然選擇以善相待。

多好的張陸讓。

蘇在在回學校前，帶著小短腿出門遛了一圈。

路過張陸讓家門前的時候，恰好看到一名青年男子牽著酥酥。姿態閒適懶散，穿著短袖短褲，踩著一雙灰色的拖鞋。

很快，他就發現了一旁的蘇在在。

林茂扯了扯嘴角，像是認出了她的身分。他的眉目舒展開來，輕笑了聲。

蘇在在莫名有種被大人抓到早戀的感覺。她慌張地對他點了點頭，立刻往回走。

林茂站在原地，恍了神。他想起那天路過那片空地的時候。

少年踩著單車，少女在後頭認真謹慎地扶著。

他嘴角掛著明朗的笑意。

那像是很久以前的張陸讓。

林茂很多年都沒再見過的張陸讓。

第三十九章　不安

我想考乙大，因為那是她所在城市的大學。

——張陸讓

回到家裡，蘇在在替小短腿把狗繩解開。束縛一解，牠的小短腿跑啊跑，一下子跑到角落放置的寵物飲水機旁喝水。

蘇在在看了牠一下，嘲笑道：「張小讓，你知道嗎，你該慶幸我們家有電梯。」

她邊說邊走到茶几前倒了杯水喝。

隨後，蘇在在走到小短腿面前，揉了揉牠的腦袋。

「不是說了，這樣喊你的時候要『汪』一聲嗎？」

蘇在在蹲在牠旁邊看了一下，很快就站起身，到廁所裡洗了把臉，替曬得發燙的臉降降溫。

水嘩啦啦的流著，蘇在在莫名開始發呆。她回過神來，關上水龍頭，在一旁抽了兩張面紙擦臉。

蘇在在回到房間裡，再次從口袋拿出手機，螢幕上還是張陸讓昨晚八點時傳來的話。

——『怎麼掛了。』

蘇在在猶豫了一陣子，不知道該怎麼回覆。

昨天聽到他那句「妳怎麼都能猜對」，以為他回答的是自己那句「因為我不在你身邊啊」。

一時激動害羞，就把電話掛了。

但想了一陣子，又覺得張陸讓的意思好像是……妳怎麼老是能猜對我心情不好。

蘇在在覺得有些丟人。她想了很久，都覺得後面那個猜想才是對的。而且，聽到他心情不好，就把電話掛了……

蘇在在完全不敢回覆，但這樣一直不回覆也不是辦法。

蘇在在下定決心，傳了兩句話過去。

蘇在在：『昨天笑了一下，不小心把電話掛了。』

蘇在在：『然後我就睡著了。』

傳送成功後，她鬆了口氣，開始收拾東西回學校。

想了想，忽然覺得有些不對勁，蘇在在立刻拿起手機重新打了兩句話。

——『昨晚聽到你的話，忍不住痛哭流涕。』

——『不小心把電話掛了。』

張陸讓：「……」

他無言以對。

張陸讓也沒太在意，傳了則語音過去。

——『題庫寫了嗎？』

蘇在在有些鬱悶，也開始傳語音。

『沒有，你才走了一天，我情緒都沒調整過來。』

『好好讀書。』他說。

高中畢業之後，他就成年了。

張陸讓想一直待在Z市，蘇在在在的地方。

想一直，有她。

時間的齒輪不斷的在轉動著，永不停歇。

二〇一四年六月八日，升學考考生從考場走了出來。興奮得扔書尖叫，抱在一起熱淚盈眶。

伴隨而來的，是蘇在在的高三生涯。蘇在在坐到自己的位子上，從其中一本書裡抽出自己的成績單。

視線從左往右。

停在第二個數字上。

數學：九十八分。

蘇在在抿著唇，塞了幾本數學的解析書到書包裡，隨後便出了教室的門，往宿舍方向走。

夜晚，周圍的溫度涼涼的，有些舒適。樹葉晃動著，發出「沙沙」聲響。蘇在在的心底卻莫名有了幾分躁意。她回到宿舍裡，快速的洗了個澡。

洗完衣服後，她剛想爬上床開小燈看書。

恰好看到下鋪的姜佳表情有些氣惱，重重的把手機扔到床上。

蘇在在眨了眨眼，疑惑道：「妳怎麼了？」

宿舍裡的人都知道姜佳和關瀚的關係。

所以姜佳也不在意，嘆了口氣，直接說出來，「關瀚啊，不知道什麼想的，煩死了。都高三了啊，還老是抱著手機玩，說也不聽。」

因為數學成績，蘇在在的心情有些低落，也不知道怎麼安慰她。她猶豫了下，還是說了句：「妳好好跟他說說吧。」

姜佳把手機拿了回來，傳了幾句話給對方，眼眶都紅了。

她抹了抹眼睛，輕聲道：「沒用的，我說了很多次了，他再這樣，我跟他根本不可能上同一所大學。」

小玉看了過來，安慰道：「唉別哭啊……」

「我是真的覺得很煩啊，他還影響到我不想讀書了。」

蘇在在發了一下呆，突然問：「如果不能上同一所大學，妳和他會分手嗎？」

姜佳毫不猶豫地點了點頭：「絕對。」

蘇在在表情一僵，沒再說什麼。她垂頭，看著手機上一閃一閃的呼吸燈。

點亮螢幕。

蘇在在：『讓讓。』

張陸讓：『剛下晚自修。』

張陸讓：『怎麼了？』

她沒有回覆，傳訊息給蘇母。

——『媽，幫我報個數學補習班吧。』

蘇在在上了床，再次點開跟張陸讓的聊天室。她想了半天，都不知道該說什麼。

很快，那頭再次傳來一句話。

張陸讓：『對方正在輸入中……』

蘇在在笑出了聲。

所有沉重而煩躁的心情，只因他的一句話就消失不見。

她想了想，還是問了出來。

蘇在在：『讓讓，你上次英語考多少呀。』

張陸讓：『一百二十四。』

蘇在在：『！！！』

蘇在在：『你上次不是一百一嗎？好棒啊！』

張陸讓抿著的唇揚了揚。

隨後，他突然有些放心不下，問了句：『妳數學呢？』

那邊沒再回覆。

「我昨天睡一半醒來，看到妳的燈還亮著……」姜佳咬了口麵包，皺著眉道，「妳幾點睡啊？」

「啊，我沒注意。」

「妳這成績肯定能上國立大學啊。」

蘇在在用勺子舀了舀碗裡的粥，熱氣蔓延至眼前。她忽然鼻子一酸。

姜佳有些擔憂：「妳幹嘛？」

蘇在在轉移了話題，「佳佳，妳最近跟關瀚怎麼樣了？」

姜佳聳聳肩，無所謂地說道：「就那樣唄，我不找他他也不找我。反正不在同一個班了，看不到也不覺得煩。」

「妳不喜歡他了嗎？」蘇在在輕聲問。

「喜歡又怎樣。」姜佳苦笑了聲，「他沒想過我們的未來，我又憑什麼要放那麼多心思在他的身上。」

「……」

「我和他不是妳跟張陸讓，異地戀不會有好結果的。」

蘇在在捏住勺子的手緊了緊。

如果她考不上Ｚ大，還要有四年的異地戀。

一場聚少離多的戀愛，她不知道，張陸讓還願不願意要。

蘇在在今天又沒有回覆他，張陸讓煩躁地抓了抓頭髮。忍著打電話給她的衝動，翻開了理科卷開始寫題目。

因為心情不好的緣故，他也沒注意到時間很晚了。

寫完之後。

張陸讓再度拿起一旁的手機，看了一眼。

和蘇在在的對話上顯示著「對方正在輸入中……」

張陸讓頓了頓，眼睛一抬，看著螢幕左上角的時間。

凌晨兩點。

他的表情瞬間冷了下來，傳了一句話過去。

──『還不睡覺。』

那頭的人似乎不敢相信他還沒睡。

這下倒是立刻回覆了。

蘇在在：『……』

蘇在在：『我睡一半醒了。』

張陸讓伸手把眼前的檯燈關掉，背靠牆。他的臉被手機的光線照射得瑩瑩發亮。嘴角緊抿，側臉緊繃。

張陸讓忍不住心中那不斷冒起的酸泡。他完全不顧自己問出來的話有多幼稚，只顧將心中的疑問說出來。

那個無法讓他接受的事情。

──『妳是不是不喜歡我了。』

那頭回覆得有些慢。

蘇在在：『不是。』

蘇在在：『我很喜歡你。』

因為怕影響室友休息，張陸讓的手機連震動都沒調。

他就靜靜的看著。

那頭很安靜，又很緩慢的，傳了這兩句話過來。

張陸讓原本緊繃的心情完全沒有因此放鬆。他愣了愣，快速地傳了句話過去。

──『妳怎麼了？』

蘇在在：『啊，我跟你表白呢。』

蘇在在：『讓讓，你不開心嗎？』

他覺得有些不對勁，但又說不上來。

張陸讓只想早點考完升學考。然後，快點到她的身邊去。他彎了彎唇，回覆道：嗯。

張陸讓：『快睡。』

張陸讓：『醒了也別拿手機玩。』

蘇在在：『知道啦，你也早點睡。』

蘇在在：『晚安。』

張陸讓不知道，他手機對面的那個人。將手機放下之後，再度拿起筆，繼續寫題。流著淚，崩潰而不知所措的，一味地寫題目。

異地戀，誰能安心。

誰都安不下心。

Ｚ市的第一次模擬考恰好是高三上學期的期末考試。

結業典禮的時候，成績下來了。蘇在在知道自己考的不好，也沒去公告欄看成績的欲望。

其他成績都保持在那個程度了。

按去年Ｚ大的錄取分數，蘇在在的數學至少要考一百一十分。

可她發揮不穩定，成績忽高忽低。一考數學就緊張，選擇填空出現難題，她就會慌了。

筱筱到公告欄看了成績一眼，很快就坐到自己的位子上，轉頭跟蘇在在說：「在在，妳這次全班排三十一。」

蘇在在沉默了一瞬，輕聲問：「我數學考多少？」

「啊，我沒注意啊。」筱筱往公告欄那邊看了看，乾脆喊了那邊的人一聲，「喂，南神，蘇在在數學考多少啊？」

王南走了過來，猶猶豫豫道：「好像是九十二。」

蘇在在的眼瞼往下垂，聲音微不可聞：「謝謝。」

她沒有什麼大的志向。

如果蘇在在是自己想去Ｚ大，那麼她會努力一把。

努力之後，還是上不了，她也不會有多難過。

得不到的東西，那就得不到吧。

蘇在在從來不覺得強求的東西，能有多好。

但如果張陸讓想去那，她就必須去。

蘇在在是第一次，覺得人生那麼、那麼的不好過。

她每天熬夜到兩三點，沒日沒夜的寫題目，可成績還是不上來。

她忽然覺得自己像是個累贅。

蘇在在不敢跟他說，自己的成績一直不上去。

她怕會影響到他的心情，也怕他會像姜佳那樣，選擇分手。

更怕，張陸讓會說：「考不上Z大，我就去妳考得上的大學。」

她喜歡他，從來就不是為了拖累他。

成績的壓力，未來的未知，幾乎將她擊垮。

蘇在在的眼睛漸漸紅了起來，盈滿了淚水。她咬著唇，忍不住拿出手機。每打一個字，眼淚隨之落下。

——『張陸讓，我覺得我考不上Z大。』

蘇在在傳出去後，立刻就後悔了。她伸手擦了擦眼淚，快速地把那則訊息收回，改成另外一句話：『讓讓，今天放假啦～』

蘇在在：『剛剛打錯字了。』

傳出去後，她才鬆了口氣。

周圍的人開始收拾東西回家。寒假不算長，但是蘇在在還是想帶多點書回去看。也因此，她喊了蘇父來接她。

蘇在在還沒開始收拾東西，手機鈴聲響了起來。

因為在教室裡，她精神一繃。不過很快就放鬆下來，看到來電顯示。

——心上的讓讓。

她愣了愣，走出教室，走到走廊的盡頭。看到周圍沒什麼人，她才接了起來。

蘇在在清了清嗓子，喊他：「讓讓。」

那頭有些安靜，幾秒後，張陸讓才開了口：『妳是不是哭了。』

蘇在在的喉間一哽，說：「你在說什麼呀？」

她蹲了下來，手捂著眼。

『妳是不是沒考好。』他輕聲問。

蘇在在忍著哽咽，問：「你看到了嗎。」

『——嗯。』

「姜佳說關瀚成績不好，她說考不上同一所大學就跟他分手。」

「我怕你也這樣，我不敢跟你說。」

「……但數學成績就是上不去。」

蘇在在也不知道自己在說什麼，只是一口氣把堆積在心底的話說出來。

聽她把話說完，張陸讓才開了口，『那就不考了。』

蘇在在的呼吸一滯。

張陸讓的聲音有些沙啞低沉，像是被她的難過感染了。

『考妳能考上的，妳開心點就好。』

「你會不會……」跟我分手？

還沒聽她說完，他就打斷了她的話，『不可能。』

蘇在在的眼裡含著淚，一副可憐兮兮的模樣。

「那你不會因為我就不上Z大了吧。」

張陸讓突然笑了聲，說：『不會的。』

短暫的沉默後，蘇在在聽到他說：「我還要養妳。」

第四十章　不要怕

不希望我在她面前，有哪點不好。

——張陸讓

張陸讓的放假時間跟蘇在在一樣。

隔天中午，張陸讓便回了Z市。

張陸讓走進家門，把書包放到一旁，直接坐到玄關的臺階上。聽到動靜的酥酥從樓上跑了下來，興奮地往他懷裡鑽。他的眼神柔軟，揉了揉牠的腦袋，另一隻手從口袋裡拿出手機。

跟蘇在在說自己到Z市了後，張陸讓從書包裡拿出一份試卷。

剛剛在菁華附近的一家書店買的二〇一五年I省數學文組升學考模擬卷。

張陸讓垂眸，伸手翻出第一題，看了幾眼。

蘇在在很快就回覆他。

——『我醒了呀。』

——『你在哪啊，我去找你。』

張陸讓把黏在自己身上的酥酥挪開，將試卷放回書包裡，出了門。他邊往蘇在在家樓下走，邊打著字。

——『妳家樓下。』

還沒走到那，遠遠的，張陸讓就看到了蘇在在走出樓下的大門。看著蘇在在的身影，他有些不敢置信地瞇了瞇眼，想要看清楚是不是自己看錯了。

蘇在在上身穿著一件暗紫色的連帽衣，剛過臀。

大概是內搭了打底褲，光著腿。看起來一點都不像是活在冬天裡的人。

張陸讓停下腳步，對著手機傳了則語音。

——『回去穿條褲子再下來。』

蘇在在沒看手機，看到他便直接小跑過來。她嘿嘿直笑，撲到他懷裡，抱住他的腰。

張陸讓皺著眉，把她的手扯了下來，冷聲道：「今天十三度。」

「是嗎？」蘇在在無辜地眨了眨眼，「看到你的那瞬間，我的心就沸騰了，根本不覺得冷。」

他完全沒被打動：「回去，穿厚點再出來。」

「不行！」蘇在在立刻拒絕，「我裡面穿了一件保暖內衣還有一件羊毛衣呢！根本不覺得冷。

我跟你說，上半身穿得厚，下半身就不覺得冷了。」

張陸讓盯著她看了幾秒，很快就妥了協，說：「那各自回家。」

「……我這就回去換。」

蘇在在再從樓上下來的時候，已經是十分鐘以後的事情了。她不甘不願地換了黑色的鉛筆褲，走到他旁邊，沒說話。

張陸讓主動牽住她的手，哄道：「請妳吃蛋糕。」

蘇在在反握住他的手，也沒不高興多久，很快她就興奮道：「讓讓，你現在感覺像是霸道總裁上身。」

「……」

她故意壓低聲音，誇張的模仿：「女人，不准穿我不喜歡的衣服。」

張陸讓沉默著，牽著她往外面那家甜點店走。

沒得到他的回應，蘇在在有些疑惑，「你為什麼不叫我正常點了？」

張陸讓猶豫了一下，沒答。

「你現在好高冷。」蘇在在開始譴責他。

「……」

「是不是當個總裁就了不起了？」

張陸讓忍無可忍道：「不是，好好說話。」

蘇在在頓了一下，愣愣道：「你真背著我當上總裁了。」

他忽然有些無言以對，但莫名的，嘴角揚了揚，「傻。」

兩人走進常去的那家甜點店。

張陸讓坐在她的對面，從書包裡拿出那份試卷，抽出其中一張給她：「妳把這些題目做一遍，兩個半小時。」

蘇在在有些茫然。

……她還以為是出來約會的。

蘇在在點點頭，拿過他遞過來的筆，垂頭看題。幾秒後，她問：「那你要做什麼？」

張陸讓邊拿著手機定時，邊道：「我也寫。」

蘇在在沒再說話，認認真真的寫題目。

沒注意到，張陸讓時不時投過來的視線。

兩個半小時後，張陸讓的手機在桌面上震動起來。

蘇在在乖乖地停下筆，把試卷遞給他。

張陸讓拿著答案比對著，圈出她錯的題目。他在心底默算了下分數，慢慢地開了口，「大概有一百一十分。」

蘇在在眨了眨眼，驚訝道：「這麼高啊。」

張陸讓嘆了口氣，說：「坐過來。」

蘇在在起身，走過去坐在他的旁邊。

等她坐好，張陸讓把試卷放在她面前。清透低沉的聲音款款入耳。

「選擇題全對，填空錯一題，前三大題全對。」

「……」

「這題我提前看過，不算容易。」

「是嗎……」

張陸讓轉頭看她，問：「妳做過這份試卷嗎？」

「沒有。」

沉默半晌。

蘇在在盯著那份題目，小聲道：「老師說Z市一模很重要的，她說這個成績基本就把升學考成績定下來了。」

張陸讓沒打斷她說話，靜靜地聽著她說完。

「我想考好點……」

「但一著急，算出來的答案都是錯的。」

「平時自己寫沒壓力，準確率就高一點。」

「如果我升學考也這樣……」

「我怕會影響到我考英語和國文。」

見他一直不說話，蘇在在立刻改口。

「不過現在好很多了，就數學嘛，我才不怕。」

張陸讓垂頭，看著她放在腿上，絞成一團的手。他忍不住伸手握住。

「蘇在在，我十五號回去。」張陸讓認真道：「在那之前，妳每天做一份題，解題方法我全部跟妳講一遍。」

蘇在在愣愣地看著他。

「妳不會的我都會，我都教妳。」

「所以，不要怕。」

她的眼睛忽然有些酸澀。

張陸讓的表情開始變得不自然，但他還是硬著頭皮道：「妳不是說喜歡我嗎？」

蘇在在紅著眼，像小雞啄米那般的點頭。

「那妳要聽我的話。」他說。

——「不要怕。」

二〇一五年的春節來的格外晚。

高三下學期開學的時候，已經快到三月份了。距離升學考，也只剩三個月。

三月底的一個週六下午，學校安排高三的學生到市中心醫院進行體檢，體檢完的便可以各自坐車回家。

因為Z中的學生數量不算少，所以這天只安排了兩所學校體檢。

蘇在在專門挑人少的隊伍，一個半小時就全部檢查完。她跟姜佳約好在醫院門口等，然後一起坐車回家。

兩人一起上了七十一路車，坐到後排的空位上。

車子向前開著，沿途的風景一晃而過。

蘇在在將手放在窗戶的小縫旁，感受外頭的寒氣。

耳邊響起公車的報站聲。

「各位乘客，城市廣場到了，下車的乘客請依次從後門下車，上車的乘客請配合往裡走，請不要站在門口。」

蘇在在下意識的轉過頭，提醒姜佳。

「下一站妳就到了啊。」

姜佳的表情有些呆滯，輕聲道：「我跟關瀚分手了。」

「……啊？」

「唉，戀愛真麻煩。」

蘇在在有些擔憂：「妳沒事吧……」

「沒事，只是突然覺得。」

「追妳的人，不一定會比妳追的人對妳更好。」

「其實我之前挺反對妳追張陸讓的。」

「我怕妳這樣，張陸讓會看輕妳。」

蘇在在舔了舔唇，小心翼翼道：「妳會遇到更好的人的。」

姜佳笑出了聲，揚眉道：「那當然。」

報站聲再度響起。

姜佳站了起來，認認真真地說：「在在，妳要跟張陸讓好好的。」

「如果你們分了，那我才會真的不再相信愛情。」

回到家後，蘇在在看了看時間，六點多了。

張陸讓應該下課了。

想起姜佳的話，蘇在在忍了忍，還是控制不住打電話給他的衝動。只響了一聲，那頭便接了起來。

「讓讓，你下課了嗎？」

『嗯。』

「我今天體檢完啦，還抽了血，有點疼。」

張陸讓笑了聲，問：『哭了嗎？』

「沒有呀，你不在我哭有什麼用。」蘇在在理直氣壯。

他沒有回答，但蘇在在聽到他無聲笑時的呼吸聲。她忽然也像是被感染般地笑了起來，然後開始跟他分享今天看到的事情。

「我跟你說，我今天看到你高一的隔壁桌啦。」

『……』

「他跟一個女生一起去外科那體檢。我當時排在他們後面，聽到他說自己六十五公斤，結果一秤七十哈哈哈哈……」

『……周徐引？』

「對啊。」提到這個，蘇在在忍不住誇他，「還是你好，你什麼都好。長得好看成績好，身材也保持的好。」

張陸讓的嘴角彎了彎。

蘇在在走到床邊坐下，單手抱膝，「有點好奇，你發福了是什麼樣子的。」

那頭沉默了一瞬，張陸讓一下子改了口，沉著聲音提醒她，『蘇在在，念書。』

半小時後，張陸讓回到家。

上二樓，路過張陸禮房間的時候，腳步一頓。

張陸讓走了進去，看著放在門旁的體重機。他掙扎了一下，最後還是踩了上去。

看到數字後，張陸讓才鬆了口氣。

……沒重。

第四十一章　升學考

她搶先了。

——張陸讓

升學考前一週，高三生可以選擇留校或者回家複習，學校不再限制他們必須留在學校裡。因為幾天後就要布置考場，所以蘇在在決定把大部分的書籍帶回去。

蘇在在喊了蘇父來接她，她把一些不用了的試卷和作業本堆在旁邊，打算拿去扔掉。整理本子的時候，突然看到一本純白色的計算紙。

蘇在在的指尖一頓，打開翻了翻，翻到其中一頁，看到那熟悉的字跡。

清雋俐落，格外好看。

她彎了彎唇，把這一頁撕了下來，夾在自己近期用的複習講義裡。

——「那你講下這題吧。」

——「我不會。」

——「妳不會的我都會，我都教妳。」

蘇在在笑出聲，還是忍不住傳訊息給他。

——『讓讓。』

——『我第一次去你們班幫你講解題目的時候你是什麼感受呀。』

蘇在在看了時間一眼，也不指望他能立刻回。她把手機放到書包裡，繼續收拾東西。把不要的書籍扔完之後，蘇在在打了個電話讓蘇父幫忙把書搬下去。

半個小時後，蘇在在坐上了車。她頭靠車窗，看著外頭一閃而過的景色。

車子一顛一顛，晃得頭暈。

她忽然想起剛剛傳給張陸讓的話。

蘇在在好奇地轉過頭，從書包裡翻出手機，打開看了一眼。

張陸讓早已回覆她。

手機螢幕上是很莫名其妙的一句話。

——『教室裡沒開冷氣。』

啊？

蘇在在眨了眨眼，撓了撓頭，回憶著當時的場景。

她說了什麼嗎？好像是……

——「呃，好熱，進來吹一下冷氣。」

蘇在在：「……」

升學考國文考完之後，蘇在在走到班導師提前說好的位置。

怕學生把准考證弄丟，蘇在在的班導師規定他們考後把准考證交給她，考前再一一發給他們。

蘇在在把准考證遞給她，隨後便和班裡的一個女生一起去吃飯。

吃完飯，回到宿舍後，蘇在在從櫃子裡拿出手機，靠在扶梯旁邊，站著消食。

宿舍裡並不安靜，幾個女生聊著天，都在聊其他的東西。沒有人提今天的考題是否很難，也沒有人說自己發揮得怎麼樣。

蘇在在邊聽她們聊天，在手機上找張陸讓。

蘇在在：『唉，讓讓。』

張陸讓：『怎麼了？』

蘇在在：『進考場前還要脫鞋掃描，我襪子穿錯了，好丟人。』

蘇在在：『你們要脫嗎？』

張陸讓：『不用。』

蘇在在：『幸好不用。』

蘇在在：『我不能忍受讓別人看到你的腳。』

蘇在在：『只有我能看！』

張陸讓：「……」

蘇在在抽完風，剛想午休補充精神，卻忽然想起一件事情。

蘇在在：『對了，我們考場有個男生。』

蘇在在：『喝水的時候水瓶放在桌子上，然後沒蓋好。』

蘇在在：『快交卷的時候水撒了，試卷都濕了。』

蘇在在：『你要小心點，喝完水之後，水瓶記得放地上。』

張陸讓：『好。』

考完數學，回到宿舍後，蘇在在剛坐到床上，還沒坐幾秒，立刻站起來，走到櫃子前，把手機拿了出來。

第一句又是：『唉。』

這次張陸讓有點緊張了。

數學沒考好嗎……

蘇在在：『讓讓，我們班有個男生，下午的時候，身分證不見了。』

蘇在在：『我們班導都急哭了。』

蘇在在：『不過後來，監考老師在那個男生的考場裡找到了。』

張陸讓瞬間不知道該說什麼。

蘇在在：『讓讓，你也要小心點。』

蘇在在：『身分證和准考證記得都要放好。』

她總扯這麼多莫名的話讓張陸讓的心情有些慌。

張陸讓想了想，還是打了個電話給她。

蘇在在笑嘻嘻地接了起來：「讓讓。」

張陸讓撓了撓頭，疑惑道：『妳怎麼了？』

「啊？」

『……』

蘇在在走到宿舍外面，找了個位置蹲下跟他聊天。她鬼鬼祟祟地掃了周圍一圈，然後壓低聲音跟他說：「我覺得我數學考得超好。」

張陸讓鬆了口氣。

蘇在在不知道他打過來幹什麼。她糾結了一下，還是安撫般地開了口。

「沒事，你考不好我養你。」

『……不用。』

「那你打給我幹嘛呀。」

『沒事。』

只是怕她，又藏住自己的情緒，他沒及時察覺，到後來發現的時候，該有多難受。

升學考結束後的第二天。

很早前張陸讓就訂好了機票，從B市回到Z市。

才下午四點，林茂還沒回家。

張陸讓看了酥酥一眼，他皺了眉，半拖半拖地把牠弄到廁所裡，幫牠洗了個澡。

把酥酥的毛用吹風機吹乾後，張陸讓回房間換了套衣服，坐到床邊，拿起床頭櫃上的手機，恰好看到張母傳給他的訊息。

——『你又跑到你舅舅那了？』

張陸讓頓了頓，回覆：『填志願的時候我再回去。』

很快，張母就打了個電話過來。

手機一震一震的，在手中發顫。張陸讓的表情有些抗拒，但還是接了起來。

『你對答案了沒？』

「……」

『阿讓，告訴媽媽。』

「……」

『你老是跑你舅舅那幹什麼？你談戀愛了？』

張陸讓沒回答，只是說：「我大學要填Z大。」

張母那頭沉默了一瞬，很快就柔下聲音：『為什麼要去那麼遠？跟阿禮一起讀B大不好嗎？』

「……」

『怎麼不說話？』

張陸讓扯了扯嘴角，輕聲道：「不好。」

說完他就掛了電話，房間裡恢復一片安靜。

張陸讓有些煩躁地抓了抓頭髮。似乎感受到他的情緒，一旁的酥酥湊了過來，把腦袋靠在他的腿上蹭。

張陸讓勉強地彎了彎唇，伸手順牠的毛。

幾分鐘後，張陸讓下了樓。恰好看到剛從外頭回來的林茂。

見到他，林茂挑了挑眉，笑道：「能拿到狀元嗎？」

「不能。」張陸讓很有自知之明。

林茂抬腳走到沙發旁坐下，漫不經心地倒了杯水。

見林茂沒再說話，張陸讓也沒主動開口。

他到冰箱旁拿了個蘋果出來啃。

張陸讓坐到林茂旁邊，在心裡默默想著，吃完就出去找蘇在在。剛把蘋果扔進面前的垃圾桶裡，旁邊的林茂幽幽地開了口。

「外甥都有女朋友了，而我居然單身了三十三年。」

張陸讓：「……」

林茂將杯子裡的水一飲而盡，轉過頭。他也沒把剛剛說的話當回事，輕聲提醒：「想選什麼學校就選，別聽你爸媽的。」

「嗯。」

過了一下，林茂思考了下，繼續道：「確認志願之前，記得去學校的教務處再看一遍。」

「……」

「我姐那個人很可怕的。」

「……」

林茂拍了拍他的肩膀，沉重道：「萬事小心。」

林茂說的話讓張陸讓小心了些，生怕自己哪個舉動傷了他的心。也因此，張陸讓改了原本吃完蘋果就出去找蘇在在的計畫。

吃完晚飯，等林茂回到房間裡，他才靜悄悄地出了門。

兩人約在社區的一個涼亭裡見面。

蘇在在坐在他的旁邊，笑嘻嘻地湊了過去：「月黑風高，此處靜謐無人，你要不要對我做些什麼。」

張陸讓皺著眉，把她推遠了些：「不要。」

蘇在在一下子沒了興致，鬱悶道：「我還以為你考完之後會變得狂放一點，看來是我想多了。」

張陸讓沒說什麼，靜靜地看著她。

見狀，蘇在在鍥而不捨道：「讓讓，要不要試試舌吻。」

「不可能。」張陸讓立刻拒絕。

蘇在在沒再說話，長長地嘆息了一聲，冷場。

張陸讓主動開了口，無奈道：「說點別的。」

蘇在在托著腮，認認真真地說：「沒什麼想說的。」

夏天的夜晚，氣溫依舊燥熱逼人。周圍有蟋蟀的叫聲，倒顯得沒那麼冷清寧靜。偶爾旁邊的道路上還會亮起汽車的大燈，有些刺眼。

張陸讓心裡突然有些悶又躁。像是氣溫惹的禍，又像是別的原因。他有些控制不住般地舔了舔唇，側了頭，剛想將她扯過來。

一旁的蘇在在突然轉過頭，將臉湊了過去。

讓他有些猝不及防。

她的一隻手放在他的腦後，向下壓。

蘇在在重重地吻了上去，不饜足般地咬住他的下唇。很快就鬆了口，用舌頭抵開他的牙關，感受到那片濕潤柔軟就退了出來。

與此同時，她把手放了下來。注意到張陸讓那黑如墨、不帶情緒的眼，她毫不畏懼。

蘇在在驕傲的彎著眼，滿眸璨光，裡頭全是嚐了甜頭般的得意和狡黠。

「就要親。」她說。

第四十二章 青春

其實可以的吧。
畢竟會一直在一起。
……不能這樣想。

——張陸讓

夜晚，月亮透過雲層的縫隙傾瀉光芒，銀流傾灑在地。曖昧像是氣息那般，瀰漫在周圍，織成了柔軟的網。一寸一寸的，將兩人籠罩在內。

張陸讓的心情突然變得悶躁，從心臟處生出的感覺。又酥又麻，惹得他心癢癢。甚至，幾乎要將他的理智吞噬殆盡。

蘇在在還在回味剛剛的舉動。很快她就回過神，笑嘻嘻地拍了拍他的肩膀，「別怕，我會對你負責任的。」

張陸讓側過頭，靜靜地看著她。側臉的曲線俐落分明，僵硬又刻板。嘴唇抿成一條線，表情看起來有些冷。眼睛沉沉的，比那黑夜還要深邃，令人著了魔。

他這副表情讓蘇在在頓時緊張了起來。周圍的溫度像是瞬間降了好幾度，讓人不禁打了個冷顫。

蘇在在的手心滲出點點濕潤。她剛剛的底氣立刻消失得無影無蹤。

很快，蘇在在故作淡定地站了起來，「你幹嘛啊……反、反正遲早得這樣的呀。」

見他還是不說話，蘇在在也不想哄了。她決定讓張陸讓冷靜一下，明天應該就不生氣了。畢竟如果他總這麼古板，她也挺委屈的。

蘇在在往後退了兩步，建議道：「好晚了，我們回家吧。」

張陸讓沉默著站了起來。

見狀，蘇在在提在嗓子眼處的心臟終於著了地。她正想上前牽住他的手。

張陸讓突然握住她的手腕，往後一推。一瞬間，蘇在在的背抵在涼亭的的圓柱上。她有些愣，疑惑地張嘴。

「你……」幹嘛？

話還沒說完，張陸讓唇上的溫熱貼了上去，急切的、稍帶力度的，將蘇在在的話全數吞噬在內。

蘇在在似乎還聽到了，兩人牙齒碰撞到時發出的聲音。

他的動作像是帶著脾氣，粗野而劇烈的，啃咬著她的唇。舌頭探入她的口中，侵占她每一個角落。

蘇在在還沒反應過來，睜著眼，承受著他的吻。

半晌後，張陸讓舔了舔她的下唇。

兩人的唇齒分離。

蘇在在的雙眸含水，霧濛濛的，看起來有些傻愣。她回過神，下意識地把他推遠了些，尷尬地低下頭，完全沒了剛剛強吻時的飛揚跋扈。

張陸讓忽然笑了聲，深邃的眼裡閃著絲絲亮光。他垂下眼看她，忍不住抬手摸了摸她的臉，嘴角揚著笑，淺淺彎彎的。

很快，張陸讓開了口。聲音低沉又喑啞，帶著濃濃的克制，「是不是說過，別招惹我。」

蘇在在心虛地垂下頭，不敢看他的眼。

下一秒，張陸讓捏住她的下巴，向上抬。他低下頭，輕吻著她的額頭。

蘇在在聽到他悶笑了聲。她還沒來得及回應他的笑聲，就聽到張陸讓繼續道：「這次把眼睛閉上。」

回去的路上，蘇在在一路沉默。

站在她旁邊的張陸讓，心情好像格外不錯，蘇在在沒有看他都能感受到從他身上傳來的愉悅。

走到樓下，蘇在在飛快的跟他道了別，上了樓。注意到在客廳看電視的父母，她心虛地打了個招呼便回了房間。

蘇在在直接坐到床邊的地毯上，抱住放在床頭櫃旁的一個玩偶。她發了一下呆，忽然摸著嘴唇傻笑。

但蘇在在有些想不通，怎麼突然就——放蕩起來了。

她猶豫了下，還是決定找姜佳談談心。

蘇在在：『張陸讓今天親我了。』

蘇在在：『然後他一點都不害羞……』

蘇在在：『妳覺得科學嗎？』

姜佳：『啊，正常吧……』

蘇在在：『不是啊，那是張陸讓啊！』

蘇在在：『我懷疑他被什麼東西附身了……』

姜佳：『……』

姜佳：『什麼時候親的啊。』

蘇在在：『就剛剛。』

姜佳：『那真的正常啊。』

姜佳：『夜黑風高，意亂情迷。』

姜佳：『張陸讓忍不住暴露了本性。』

蘇在在：『……然後明天就恢復原樣:)。』

想到這個，蘇在在突然有點慌了，她立刻退出跟姜佳的聊天，傳訊息給張陸讓。

——『讓讓，明天還親嗎？』

張陸讓：「……」

等升學考成績出來的這段時間，張陸讓報名了駕訓班學開車，另外還當一個國中生的家教，補習數學。

蘇在在原本也想去學車，卻突然發現自己年底才滿十八歲。

她乾脆作罷。

蘇在在透過補習班老師的推薦，幫住在附近的一個高一女生補習地理。中途休息的時候，她托著腮幫子，看著小女生面帶羞意地跟手機對面的人聊天。

蘇在在忽然來了興致，她從口袋裡拿出手機。趁旁邊人不注意的時候，快速的幫自己拍了照。

照片上的她，臉上帶著故作嬌羞的模樣。

蘇在在傳給張陸讓，順便傳了一句話。

──『讓讓，我好害羞啊，跟你聊天～』

張陸讓回得很快。

──『正常點。』

「……」好吧。

張陸讓考完駕訓班筆試的隔天，他的升學考成績出來了。B省的成績出來的比I省的快。他也沒多緊張，反倒是蘇在在一直催他查成績。

張母也一直打電話過來。

見張陸讓一直沒動靜，蘇在在乾脆出了門，動身去他家。

今天是工作日，林茂不在家，也因此，蘇在在肆無忌憚地按著張陸讓家的門鈴。她沒提前跟張陸讓說，所以屋子裡的張陸讓也不知道是蘇在在。

很快，對講機裡傳來他低沉的聲音：『哪位？』

蘇在在沒說話，再按了一次門鈴。

這次，裡頭的人似乎猜到了。

張陸讓打開了門，只開了一半，似乎沒有讓她進去的意思。

見狀，蘇在在瞪大了眼：「你不會不讓我進去吧？」

張陸讓點點頭，說：「我送妳回去。」

蘇在在有些茫然。但這麼一想好像確實也是，在一起兩年了，她從來沒有踏進過張陸讓的家門。

同樣，他也沒有進過她的家。

「你舅舅不是不在嗎？我進去一下怎麼了……」蘇在在鬱悶又疑惑，「你別鬧，我要陪你一起看成績。」

張陸讓什麼都沒說，走到玄關處的鞋櫃前，拿起鑰匙，換了雙室外拖鞋便出了門。

在門外等了半分鐘，蘇在在真的有點生氣了，她強迫著讓自己冷靜，看到他出來後，才淡淡道：「你進去吧，我自己回去。」

察覺到她的情緒，張陸讓還是沒讓步，他軟下聲音，教育道：「蘇在在，不要一個人進男生家裡。」

蘇在在完全不懂他的腦迴路，怒道：「你能一樣嗎！」

「我也一樣。」張陸讓認真道。

看著他的表情，蘇在在的火氣頓時消盡。

張陸讓過來牽住她的手，她也沒甩開。

兩人站在門前。

蘇在在妥了協，說：「那你回去查，我在這等。」

張陸讓彎了彎唇，將她散在臉頰處的頭髮挽到耳後。

「查了。」

「……什麼時候？」

「五分鐘前，傳給妳了。」

蘇在在愣了一下，迅速地從口袋裡拿出手機。

翻出他剛剛傳來的訊息。

——『694。』

她還沒反應過來，猶猶豫豫地問：「所以是好還是不好？」

張陸讓安撫般地揉了揉她的腦袋，「挺好的。」

蘇在在鬆了口氣，突然笑了聲，抬頭吻了吻他的下巴。

「你看，誰敢相信。」

「你曾經是一個英語只能考三十分的人。」

張陸讓沒說話，眼神溫軟，看她。

「唉，我眼光真好。」她驕傲道。

兩天後，蘇在在的成績也出來了。

蘇在在不敢看，把准考證號和密碼傳給張陸讓，讓他幫忙查。

等了一下，蘇在在又有些後悔。畢竟如果她考得不好，張陸讓大概也不知道怎麼跟她開口。

蘇在在爬下床，走到書房裡，打開電腦。

還是自己查好了……

她連網站都還沒進去，放在電腦旁的手機震動了下。

蘇在在的呼吸一滯，咬著牙點開來，看了一眼。

張陸讓：『【圖片】。』

上面是她各科的成績，還有總分數。

蘇在在粗略地掃過總分：645。

隨後，她抬眼，看著數學單科成績——121。

蘇在在忽然眼睛一熱。她想，如果沒有張陸讓，她大概只會考上一個普通的大學。

如果沒有張陸讓，蘇在在絕對不會那麼拼命的、不顧一切的，像那時候那樣，只因為成績，就這樣折磨自己。

情緒難控，再難堅持，她也堅持下來了。

這一刻，蘇在在也能驕傲的對自己說——她的青春，從未虛度過。

第四十三章　Z大

我知道她是故意的。
但還是，想縱容。

——張陸讓

兩人的分數和排名，按照去年分數，上Z大都挺穩的。

蘇在在跟父母商量了一番，最後決定選擇Z大的新聞傳播系。決定好之後，糾結的心情瞬間一消而散。她走到書房，打開電腦。

等待電腦開啟的時間裡，蘇在在打了個電話給張陸讓。她將手機放在耳邊，另一隻手打開填報志願的網站，輸入准考證和密碼。

張陸讓很快就接了起來。

蘇在在拿起一旁的升學考填報指南，翻開Z大那一頁，「讓讓，你要選什麼科系？」

張陸讓沉默了一瞬，很快就答：『電腦。』

「噢——」蘇在在的注意力全放在書上，聲音有些遲鈍。她的指尖在書上滑找著，尋找著新聞傳播學系的代碼。

找到之後，她將幾個數字默念了出來。然後才反應過來，再問了一次。

「啊，你剛剛說什麼系？」

張陸讓也沒生氣，耐心地重複道：『電腦。』

「電腦啊。」蘇在在想了想，「那個系禿頭率排第三。」

『……』

「這不是我說的啊，我網路上看到的。」

張陸讓不想對這句話發表什麼評價。他走到書桌前，邊把電腦打開，邊問道：『妳選什麼？』

蘇在在笑嘻嘻地答：「新聞傳播。」

張陸讓打開網站，輸入准考證號和密碼。輸入密碼的時候，他的指尖忽然一頓。莫名地想著，他好像沒改密碼，就是預設的身分證號碼後六位。

還沒等他深想，就聽到蘇在在說：「不會禿頭的，放心。」

張陸讓額角一抽：『……嗯。』

蘇在在繼續翻著志願書：「唔，那我第二科系填什麼好，那麼多個空呢。」

張陸讓漫不經心抬了抬眼，進入系統後，在第一志願輸入學校的代碼。

『想填哪個就填哪個。』

「那你填什麼？」

『沒填。』

「你就只填一個？學校也是？」

『嗯。』

蘇在在的心理有些不平衡：「你不怕報不上嗎？」

聞言，張陸讓的聲音裡有了點猶豫：『會嗎？』

「當然啊！科系填滿了之後我還要按服從調配呢！」

『……』

蘇在在長長地嘆息了一聲，聲音裡透出幾分心酸：「我根本沒感受到你想跟我上同一所大學。」

然後——

明明就算報了Z大的熱門科系也一定能上的張陸讓，默默地拿出了他從B市帶過來的升學考志願填報指南，認認真真地把所有的空都填滿。

隔天，張陸讓回了B市。志願填報完畢後，要回學校一趟，確認志願和簽名。

張陸讓原本想讓同學幫忙代簽，但林茂卻一直堅持讓他自己回去簽。

原話是：「你以後再也沒有機會以高中生的身分回高中了，不要放棄這次寶貴的機會。」

……其實他現在也不是了。

林茂十分殷勤，甚至還十分主動幫他訂好了機票，開車送他去機場。像是被趕鴨子上架般，張陸讓被迫回了B市。

進家門前，張陸讓在門口站了一下，突然向後退了兩步，打開書包最外側的袋子，將身分證拿了出來，有些猶豫地放到口袋裡。

週日，張父和張母都在家。張陸禮待在學校，沒有回來。

張陸讓走了進去，跟他們打了聲招呼，隨後便安靜的往樓上走。

還沒走幾步，坐在沙發上的張父突然開了口。

「阿讓。」

他的聲音沉穩淡定，聽起來帶了滿滿的威嚴。習慣性的帶著命令的語調。

張陸讓停下了腳步，轉過頭，面容平靜。

下一秒，張父的聲音溫和下來：「好好休息。」

張母從廚房走了出來，手上拿著一個水果拼盤，遞給張陸讓。

張陸讓沒接。

張母的心情看起來不錯，笑容溫婉：「這次你在省裡的排名比阿禮那時候還前面，你大伯他們都在誇，這下肯定能上B大了。」

張陸讓的眉頭稍蹙，想跟他們說自己不選B大，最終還是什麼都沒說。

張父慢悠悠地拿起茶壺倒了杯茶，問：「你選了什麼科系？」

張陸讓忍住心中的不耐煩，答道：「電腦。」

「B大的金融系很好，你畢業後也好幫忙管理公司。」

「嗯。」張陸讓點點頭，敷衍道，「沒別的事我就先上樓了。」

張母再次把手中托盤遞給他：「吃吧，媽媽切了很久的。」

張陸讓忽然笑了下，只丟下兩個字便往樓上走，「不吃。」

張陸讓洗了個澡，回到房間，剛想回床睡覺，想起剛剛張父說的話。他轉身，走到書桌前，打開電腦，卻一直連不上家裡的wifi。用手機也一直登不上升學考填報網址。

張陸讓焦灼地抓了抓頭髮，想讓蘇在在幫忙看，又怕真的被改了，會讓她誤會。他想了想，打了個電話給張陸禮。

張陸禮很快就接了起來，有些受寵若驚。

『啊，哥？你怎麼打電話給我了？』

張陸讓沒跟他多說什麼，單刀直入：「你幫我看一下我的升學考志願，准考證號碼是……」

雖然不知道他為什麼突然說這個，張陸禮還是乖乖照做。半分鐘後，張陸禮明朗的聲音從那頭傳來。

『哥，你要去Z大啊？聽說Z大好多美女啊，我這全他媽男人。』

張陸讓原本有些緊張的情緒被他這話弄得瞬間消散了不少。他忽然覺得有些好笑，但還是沒忘自己的問題。

「……是不是填報了Z大一所？」

確認志願沒被改之後，張陸讓才鬆了口氣。他跟張陸禮再說了幾句便掛了電話，把手機放在一旁。

臨睡前，還在想著，自己是不是想太多了。

第二天，張陸讓起床的時候，父母已經出門上班了。他收拾好東西，打算去學校簽完名便直接去機場。

到B中後，張陸讓上了三樓，走進班導的辦公室。

班導跟他打了聲招呼，從面前一疊A4紙中翻出他的志願表。

「確認一下，有填錯的還能去教務處改改。」

張陸讓點點頭，剛想看的時候，手機忽然響了聲。他垂眸看了一眼，拿著表便往外走，出去聽。

蘇在在打來的。

她的聲音無時無刻充滿了生氣，每字每句，都帶著令人心情愉悅的笑意。

『讓讓，我昨天，夢到你禿頭了。』

張陸讓原本的好心情瞬間消失殆盡，「——哦。」

注意到他的情緒，蘇在在立刻討好道：『不過還是很帥，嘿嘿嘿。』

張陸讓完全不想理她。

蘇在在換了個話題：『明天我去確認志願，你跟我一起去嗎？』

張陸讓垂眼，下意識地看著手中的紙：「不去。」

沒有得到想要的答案，蘇在在開始不擇手段地撒謊，『啊，王南也去，他都不知道我有男朋友。』

「……」

『其實我也跟你說過，我在Z中挺出名的，因為太漂亮了。』

「……」

『你難道不想對我宣誓你的所有權嗎？』

張陸讓剛想同意，就聽到蘇在在可憐兮兮地說：『唉，你不知道，你去B市讀高中之後，你那個前桌老來找我，說我們肯定會分。』

他愣了一下，立刻道：「我下午就回去。」

『那去嗎？』

「嗯。」

掛了電話之後，張陸讓抿著唇，看著那張志願表。下顎緊繃，像是氣到了極點。

張陸讓的眼神冷了下來。下一秒，他的嘴角忽然彎起，毫無溫度。

紙張上，第一志願那裡，赫然顯示著。

——B大金融系。

第四十四章　家

有時候，我覺得。
我像是在跟一個男人談戀愛。

——張陸讓

張陸讓冷著臉，把手中的紙揉成一團，扔進旁邊的垃圾桶裡。他快速地下了樓，往二樓的教務處走。

裡頭有兩個學生正排隊修改志願。

張陸讓的腳步停了下來，在旁邊等待著。他拿起手機，在相簿裡翻出一張照片。是之前在網站上報考完後，他拍下來給蘇在在看的。

很快，其中一個學生修改完，拿著新列印出來的紙往外走。

張陸讓走了過去，看著老師幫他打開了網站。他彎下腰，慢慢地輸入准考證號碼和密碼。敲下輸入的時候，手心還緊張得冒了汗，喉結下意識地滾了滾。

登錄成功，進去了。

張陸讓鬆了口氣，快速地按照手機上的圖修改志願。填完之後，他耐心地檢查了兩三遍，才確定下來。

老師握住滑鼠，看了一眼，問：「這次確定了吧？」

張陸讓點了點頭，突然問道：「老師，我簽了名之後，志願還能再改嗎？」

老師正準備幫他將志願表列印出來，聞言，他手上的動作立刻停了下來，皺著眉道：「當然不能啊，你還沒考慮好？」

聽到確切的答案，張陸讓提著的心終於放了下來，輕聲道謝。

「考慮好了，謝謝老師。」

簽完名，交給班導師，張陸讓出了辦公室，在門外站了一下。半晌後，他回過神來，往校外走。

因為沒有限定簽名時間，所以學生們都是陸陸續續的來。

B中靠海，長長的石路上，偶爾迎面走來幾個學生，臉上都帶著愉悅的笑意。靠欄杆的那頭，底下的海水打著石橋，發出嘩啦嘩啦的聲響。

張陸讓忽然停了下來，單手撐在欄杆上。他翻出手機，打了個電話給張陸禮。

再次接到張陸讓的電話，張陸禮的情緒依然高漲，『喂？哥！還要我幫什麼忙嗎？』

張陸讓垂眸盯著底下的海浪，沉默片刻。他想了想，輕聲問：「你升學考志願有被爸媽改嗎？」

張陸禮的聲音停頓了下，乖乖地回答。

『我的志願就是他們幫我填的啊。』

「……」

『不過我那時候挺想選T大的臨床醫學的。』張陸禮笑嘻嘻的說，『但他們不讓，我就覺得算了。』

說了半天，張陸禮突然反應過來：「哥，你的志願被改了？」

張陸讓的指尖無意識地敲打著欄杆。

聽到這話，他漫不經心的應了一聲：「嗯，我先掛了。」

聽到肯定的回答，張陸禮的聲音變得著急了起來：『那改回來了沒啊？學校還能不能改？昨天是不是截止了啊……』

「阿禮。」張陸讓彎了彎唇，慢慢的說，「我不會再回B市了。」

那頭沉默下來，很快就『哦』了一聲。

張陸讓掛了電話。他在原地發了一下子呆，最後還是忍不住打了個電話給張母。

『喂，阿讓？』

張陸讓淡淡道：「妳改了我的志願嗎？」

張母似乎愣了一下，很快就解釋道：『Z大離家裡太遠了，你高中去Z市那邊讀書，媽媽天天放不下心……』

張陸讓打斷她的話，「我跟妳說過，我想去那。」

似乎有些煩躁他的反抗，張母的聲音漸漸沉了下來，『你自己想想，你從B大畢業之後，直接到你爸爸的公司上班。多好的路，我們全幫你鋪好了，全是為了你好。』

張陸讓什麼都聽不進去。眼底宛若一灘死水，毫無波瀾，「我改回去了。」

電話那頭的呼吸一頓，張母的聲音猛然尖銳了起來：『怎麼改了？昨天不是截止日期嗎？』

聽到這話，張陸讓忽然懂了什麼。他有些慶幸，卻又自嘲般地問道：「妳不知道我為什麼要回家嗎。」

張陸讓突然問這個問題，讓張母有些莫名其妙，『你回家需要什麼原因？』

張陸讓沒說話。

掛電話之前，他想起昨天那盤水果。

張陸讓的手握緊欄杆，語氣像個孩子。帶著責怪而委屈，可又不像是那麼在乎，「阿禮才喜歡吃柳丁。」

張陸讓在原地站了一下，從口袋裡拿出家裡的鑰匙，認真的想了想。他想了很久，都想不到有什麼能值得讓他再回那個家。

手一抬，翻轉，鑰匙掉入海裡。

輕輕的，悄無聲息的——沉入最深處。

張陸讓從不覺得父母不愛他。只不過比起給張陸禮的，他們分給他的愛少了些。但他一直相信，愛是有的，只不過沒有他想要的那麼多。

下了飛機，張陸讓走出出站口。他下意識的掃了周圍一圈，一眼就看到站在外面拿著手機等待著的蘇在在。

張陸讓愣了一下，大步走了過去。

蘇在在也同時看到了他，興奮地對他擺了擺手。她直接忽略先前問他航班號碼的事情，裝作一副給他驚喜的樣子。

「感不感動，我等了好久呢！」

那一瞬間，見到她的那一瞬間。

張陸讓覺得自己缺了一個口的心臟驀地被填滿了。他忍不住將手中的袋子扔到地上，彎下腰，伸手將她圈入懷中。臉頰貼在她的頸窩處，溫熱的氣息毫無規律。

蘇在在覺得有些癢，忍不住動了動，立刻被他揪了回來。她忽然有些慌張，將他往外推。

「你先讓我看看，我有沒有認錯人。」

張陸讓：「……」

感受到他胸膛前的起伏瞬間一頓，蘇在在立刻笑嘻嘻地說：「我怎麼可能認錯呀，你真好騙。」

冒著粉紅泡泡的空氣瞬間被她的話吹走。

他鬆開了手，抬起頭，垂眼看她。

張陸讓的眼神有些沉，不知為什麼，看起來有些委屈。

蘇在在控制不住自己的欲望，抬手戳了戳他的臉，盯著他看了一下，才認真道：「好一個國色天香的大美人。」

張陸讓默默地把地上的行李拿了起來，牽著她往外走。

走到一半，蘇在在再度問道：「你還沒跟我說你感不感動。」

聞言，張陸讓側頭看了她一眼，嘴角驀地彎了起來，認真又順從地說：「很感動。」

走了一小段路，張陸讓忽然開口，像是隨口說的話，「以後我就待在Z市，不回去了。」

蘇在在還沒來得及說些什麼，就聽到他繼續道：「我爸媽不喜歡我。」

如果他們給的愛，代價是要將他的自由捆綁。

那麼，張陸讓寧可不要。

蘇在在下意識地看他，握住他手的力道重了些。

她不知道該說什麼。

家對她來說，是一個很美好的詞。因為蘇在在的家庭很美滿，父母和睦恩愛，對她也是寵愛有加，所以她從來沒有關於這方面的煩惱。

一旁的張陸讓忽然認真道：「等我們大學畢業了，我就跟妳求婚，好不好？」

然後，他們可以共創另一個家。

一個只屬於他們兩個的，能將他缺失的愛彌補的家。

蘇在在的呼吸一滯，受寵若驚的心情瞬間從心底浮了起來，但她下意識就拒絕了：「不好。」

張陸讓一愣，突然想起蘇在在之前跟他說的那句話。

——「你是不是想玩弄我。」

想到這個，他的表情瞬間變得十分難看。

張陸讓咬了咬牙，回憶著在網路上看到的情話。剛想一一說出來哄她，就聽到她說：「這種事情，讓我來。」

「……」

一句話，將他接下來要出口的情話全數憋了回去。

第四十五章　以後

「以後」。原來她也有想。

——張陸讓

夜色濃稠如墨，點點繁星點綴其上。

房間裡，冷氣的運作聲在此靜謐中顯得格外響亮。床邊的鬧鐘，秒針轉動著，發出噠噠聲。夢魘將他困住，怎麼都掙脫不開。

夢境裡的人的話，像是摻了毒藥的針，一根一根戳在他的心上。毒藥一寸一寸化開，深入骨髓，疼得他連氣都喘不過來。

——「早知道有阿禮，我就不生你了。」

那一瞬間，疼痛到極點。張陸讓猛地被驚醒，感受到背後一片汗涔涔。他坐在床上，平復著心情，調整混亂的呼吸。

張陸讓煩躁地抓了抓頭髮，起身，準備下樓倒杯水喝。

床旁邊的酥酥被張陸讓的動靜吵醒，爬了起來，跟在他後面。路過林茂房間的時候，發現他房間裡的燈還亮著。

張陸讓猶豫了下，敲了敲他的門。

很快，裡頭傳來林茂略帶沙啞的聲音，「進來吧。」

張陸讓打開門，走了進去。他坐到林茂面前的椅子上，思考著怎麼開口。

下一秒，林茂把面前的資料夾合上，輕聲道：「你媽打電話給我了。」

張陸讓的臉上沒帶什麼情緒，眉眼垂了下來。他的脊梁挺直僵硬，看起來有些倔。嘴唇繃成一條線，緊得沒血色。

林茂嘆息了聲，說：「志願改回來就好。」

「舅舅。」張陸讓的心裡像是堵了口氣，悶得難受，「我以後不想回B市了，放假了也不想回去。」

聞言，林茂拿水杯的動作一頓。他轉過頭，靜靜地看著張陸讓。

注意到張陸讓的表情，林茂終是軟下心。

「不想回就別回了吧，上大學需要用的證明我會幫你弄來的。」林茂拿起水杯，慢條斯理地喝了一口，「像你高中在這邊讀一樣。」

張陸讓沉默了一瞬，強調：「畢業之後，我會賺錢還你的。」

林茂剛想拒絕，掃過他的眼神時，瞬間改了口，「啊，我等著拿錢養老呢，記得還啊。」

張陸讓點點頭，站了起來：「我回去睡覺了。」

他剛打開門，正想走出去的時候，身後傳來了林茂的聲音。語氣漫不經心，溫和而又平靜，「不是每個人生來就知道怎麼當父母的。」

張陸讓的腳步一頓，握住門把的手緊了些。

林茂的指尖敲了敲杯壁，思考了下，然後說：「在你和阿禮小的時候，你父母也不是那樣的。」

他嘆息了聲，語氣像是一個過來人，「虛榮心啊，多可怕的東西。」

蘇在在軟磨硬泡了很久，張陸讓才同意讓她陪他練車。

出門前，蘇在在翻了翻桌子，將防曬乳塞進背包裡，再把抽屜裡的迷你風扇掛在脖子上。她走到鏡子前，把頭髮綁了起來，穿上長褲和防曬衣。隨後，把桌子上的熊貓條紋鴨舌帽戴上，另一個拿在手上。

工作日，家裡空蕩蕩的，只有她一個人在。

去。

蘇在在出了客廳，從冰箱裡拿了兩瓶礦泉水出來。幾分鐘後，她回到冰箱前，將其中一瓶放回去。

蘇在在拿起鞋櫃上的遮陽傘，這才出了門。

正值盛夏，外頭的氣溫悶到像是帶著火。陽光打在樹上，在地上映射出斑駁而參差的影子。周圍的水泥地像是冒著熱氣，一團一團往上湧。

蘇在在抬眼，看到站在樹蔭下的張陸讓。

臉頰熱的發紅，髮尖沾了汗水，濕漉漉的。看起來像是等了挺久，但臉上並沒有不耐煩的情緒。

她連忙小跑過去，抬手將手中的帽子扣在他的頭上。

張陸讓下意識地拿下來看了一眼，立刻皺了眉，冷聲道：「不戴。」

蘇在在將風扇打開，放在他的臉前。

見張陸讓滿臉不情願，她好聲好氣地哄道：「聽話，戴著，不然得曬死。」

「……」

張陸讓本來還是想拒絕，突然注意到她頭上也戴著同款的。他猶豫了一下，默默地戴了回去。

蘇在在把傘遞給他，忍不住抱怨道：「真的好熱呀，我等冬天再學車好了。」

聽到這個，張陸讓的表情又難看了起來：「所以叫妳別來。」

「但你學跟我學怎麼能一樣。」蘇在在無辜道。

「哪裡不一樣。」

蘇在在沒回答他這個問題，她看著風扇的風在他臉上呼呼地吹，突然厚顏無恥道：「我現在陪你學車，到時候我學車的時候你不陪我，你就是沒良心。」

「……」

「喪心病狂的那種沒良心。」

張陸讓不想說話，沉默著走在她的旁邊。

幾分鐘後，蘇在在忽然有些鬱悶：「你為什麼不跟我說，仙女不需要良心。」

張陸讓：「……」

到那後，張陸讓按照教練給的車牌號選了平時用的那輛。

兩人並肩走了過去。

蘇在在剛想坐到副駕駛座上，就被張陸讓趕到後座上，「前面太曬，坐後面。」

她也沒反抗，猶猶豫豫地問道：「讓讓，你自己開啊？教練不坐旁邊嗎？不會出事吧……」

張陸讓的食指在方向盤上敲了敲，誠實道：「我第一天的時候就自己開了。」

聞言，蘇在在不敢置信的瞪大了眼：「這教練太過分了吧！」

她的表情氣得像是要立刻去找那個教練理論。

張陸讓張了張嘴，剛想開口攔住她，就聽到她氣憤道：「不行！我學車肯定不能來這學！」

「……」

他默默地閉上了嘴，將安全帶繫好，掛檔，推到一擋，踩下離合器踏板。

張陸讓認真地練了一陣子。

半小時後，他停下車，向後看了一眼。

看著蘇在在後頭百無聊賴的玩著手機，偶爾看看外頭的風景，平時話多的嘴緊閉著，就是不出聲打擾他。

張陸讓收回了眼，重新發動了車。這次開到轉彎處的時候，他突然開口道：「幫我看看右邊的輪子有沒有壓線。」

聽到張陸讓的話，蘇在在高興地彎了彎眼，立刻挪到右窗，探頭看了一眼，「壓了。」

張陸讓立刻將車停下來，轉頭看她。似乎對她的話有些不滿，他沉聲道：「認真說，別胡說八道。」

蘇在在一臉茫然：「就是壓了啊……」

張陸讓解開安全帶，單手撐在副駕駛座上，傾身往外看。看到車後輪確實壓了線，他渾身一僵，慢慢地坐了回去。

半晌後，張陸讓安靜地、不發一言地繼續練車。

這次輪到蘇在在忍不住了：「讓讓，這是你練了一個星期的成果嗎？」

他假裝沒聽到。

「要不然，」蘇在在小心翼翼的提議道：「我們以後請個司機吧？」

張陸讓轉動著方向盤，假裝不介意的樣子，「……妳別說話了。」

蘇在在才不聽他的，感慨道：「突然想起教你騎單車的時候。」

「……」

「我那時候不是說不想摸你腰嗎？」

「……」

「怎麼可能不想，我早就忍不住了。」蘇在在模仿著那時候心裡的想法，「哇！小蠻腰露出來啦！」

張陸讓真的不想再聽她說這個了。他琢磨著，想說些什麼轉移話題。

後面的蘇在在的頭靠椅背，笑嘻嘻地補充：「我當時心裡想的是，我不摸的話真的是太對不起你的美色了。」

「……」

「此機會千載難逢啊。」

張陸讓的臉有些熱，忍不住回頭，低斥：「蘇在在！」

蘇在在覥著臉，毫不畏懼：「你老婆坐你車上呢！好好開！」

張陸讓額角一抽，不再說話。過了一下，他放在副駕駛座的手機響了起來。

蘇在在提醒道：「讓讓，你手機響了。」

張陸讓停下車，拿起來看了一眼，是張母。

他忽然想起前些天林茂說的話。

張陸讓抿著唇，沒有猶豫，將電話掛掉。很快，他回頭看著蘇在在。

細碎的陽光打在他的身上，柔和的光暈在他周圍擴散。

蘇在在打了個哈欠，睜著冒著水霧的眼看他，看起來懶洋洋的。

張陸讓忍不住彎了彎嘴角，說：「我們回去吧。」

第四十六章 讓開

是不是總有人教壞她。

——張陸讓

Z市的夏天格外熱，暑氣順著水泥地向上蒸騰。不遠處的梧桐樹像是要融化成了綠水，在烈日無風的天氣下紋絲不動。偶爾不遠處的小道上有幾個學生撐著傘路過，對著這邊竊竊私語。

大學的軍訓要半個月，而且強度比高中的軍訓高不少。

蘇在在站在一團綠色之中，覺得時間格外難熬。額間的汗像是雨一樣，一滴又一滴，順著髮絲向下流，流入眼中。

鹼性的液體對眼睛有些刺激，酸澀疼痛。

蘇在在忍著動手擦乾的欲望。

很快，啪嗒——又一滴。

蘇在在實在忍不住了，剛想打報告，就聽到遠處的哨聲響起。她在心底暗自鬆了口氣。

聽到教官說休息後，她直接坐在滾燙的地面上，從口袋裡掏出面紙擦臉。

周圍的同學一湧而上，走到旁邊喝水。

同寢室的室友崔雨旋替蘇在在把水瓶拿了過來，坐在她面前說話：「媽的累死了，才過了一週……」

蘇在在疲憊地抬了抬眼，輕聲道：「謝謝。」

另一個室友張可湊了過來，望著不遠處，說：「不過副連真的好帥啊！」

「是帥！但是太凶了……」

蘇在在沒有參與這個話題。喝完水後，她站了起來，把水瓶放回去。

蘇在在捏了捏後頸，抬頭，剛好和副連的視線對上。五官硬朗，嘴唇抿的很緊，看起來十分嚴肅。

……是挺凶神惡煞的。

蘇在在收回了眼，慢吞吞地走了回去。

三個室友還在討論那個副連。

「——副連好像也是我們系的，大二。」

蘇在在她們的聊天聲裡，莫名的走了神。

……不知道讓讓有沒有塗防曬。

她買給他的比自己用的還貴呢。

不過量好像不多，不知道夠不夠用，今晚再上網賣一瓶好了……

下午的訓練比上午的輕鬆些。

蘇在在的汗腺像是被熱天開發出來，稍微熱一點，汗水就不斷向下砸。

趁教官不注意，蘇在在快速的伸手，用袖子擦了擦汗。

蘇在在擦完汗，而且還沒被教官發現。這感覺神清氣爽。她的竊喜沒持續多久，不遠處的副連慢條斯理地走了過來。

副連的嘴角彎著笑，看起來莫名有些惡劣。他停在蘇在在面前，沒有開口。

這樣無聲的威壓讓蘇在在捏了把汗。

很快，副連輕笑了聲，說：「誰讓妳動了？」

聲音不大不小，能讓班裡的其他人聽到，也能讓不遠處的教官聽到。

注意到教官往這邊走過來的身影，蘇在在咬了咬牙，主動承認錯誤：「報告教官，我剛剛動了，擦汗。」

教官板著臉凶了她幾句，也沒怎麼罰。

蘇在在鬆了口氣，之後不敢再抱有僥倖心態。

軍訓結束後，蘇在在進了系裡的學生會新媒體部，策劃迎新晚會的活動。

部長恰好是她軍訓時的副連，謝林楠。

張陸讓沒參加任何社團，每天除了上課泡圖書館就是找蘇在在。

這天，蘇在在把最後一個活動影片完成，差不多就到了上課時間。

蘇在在靠在椅背上，視線在周圍掃了一圈。另外三個室友都還在床上睡午覺。昨晚熬夜了，蘇在在睏得眼睛都快睜不開。

蘇在在的課表和宿舍的人不太一樣。下午她有一節課，可她的室友們卻一節課都沒有。

蘇在在想起上週沒去被記了曠課，她心裡萬分糾結這次要不要去。如果她不去的話，不會有人幫她代點名。而且曠課次數多了，老師會不會以後每節課都點她……

猶豫良久，蘇在在捂住良心，還是決定再曠一次。

決定好後，蘇在在也不再糾結，立刻爬到床上準備睡覺。睡之前，她先在傳訊息跟張陸讓說好晚飯一起吃，順便抱怨了下點名的事情。

蘇在在：『唉，真的好氣。』

蘇在在：『我去的時候，老師從來不點我。』

蘇在在：『我一不去，她就一定會點我。』

張陸讓盯著她傳來的話，很快就明白了過來，皺了眉。

——『妳又要曠課。』

蘇在在已經決定好了，也不怕他說教。

蘇在在：『讓讓，你要想想。』

蘇在在：『曠課三次才直接當掉。』

蘇在在：『反正我已經被記過一次了。』

蘇在在：『這樣一想，我不曠夠兩節真的是太對不起自己了。』

那頭的張陸讓似乎被她噎到，半天都沒回覆。

蘇在在越想越覺得有道理，再次提醒他晚飯一起吃，便把手機放在一旁。將被子蓋在腦袋上，一瞬間就陷入睡夢中。

另外一邊，張陸讓嘆了口氣，從手機裡翻出蘇在在的課表。

下午第一節，他剛好沒課。

張陸讓收拾了東西，拿了本課本，塞進書包裡。

宿舍裡，窗簾緊閉著，室友規律的呼吸聲輕而緩。空調運作著，溫度稍涼，在這樣的盛夏中格外舒服。

張陸讓打開門。門有些老舊，發出吱呀一聲。再隨著「嘭」的一聲，將張陸讓與裡頭安靜舒適的氣氛隔絕。

大熱天，他要去一個沒有冷氣的大教室……幫他女朋友點名。

張陸讓無法描述這種心情，他以前最不喜歡這種助紂為虐的事情。

雖然現在蘇在在是這樣說，但之後如果她被記了曠課，心情又要不好了。

……那還是助吧。

到那後，張陸讓找了後排角落的位子坐下。他將耳機從書包裡抽了出來，放在一旁。打算等點完名就戴上，認真看書。

後排的兩個女生正壓低聲音聊著天，說的話清晰地傳入他耳中。

「妳看，謝林楠又來了……」

「是欸，妳說他老是過來幹嘛，他重修？」

「不可能吧，他拿了獎學金的。」

很快，上課鐘響起。

一個微胖的女老師站在講臺，打開點名系統。

張陸讓頓時停下了筆，認真的聽著她點名字。

沒多久，就點到了蘇在在。

張陸讓摸了摸脖子，低下頭，右手舉了起來，表情有些不自在。

與此同時，斜前方兩排處的一個男生也舉起了手。

原本一直低著頭點名的老師像是感應到什麼，在此刻抬起了頭。她粗略地掃了一圈，一眼就看到兩個同時舉手的男生。

老師皺了眉，似笑非笑道：「你們這班有同名的？沒吧。」

張陸讓側頭，面無表情地看著前面那個男生的背影。

「而且這蘇在在，我印象裡是女生吧？」

「沒來？那我記曠課了啊。」

「兩次了啊，再沒來一次直接重修。」

性別這東西，張陸讓也沒辦法。他煩躁地嘆了口氣，默默地把耳機拿了起來，戴上。

那個剛剛也幫蘇在在舉手的男生忽然轉過頭。他看著張陸讓，忽然笑了一下。硬朗俊秀的五官微微舒展開來，嘴角稍稍彎起，帶了點挑釁。

像是感受到什麼，張陸讓也望了過去。

兩人的視線對上，下一秒，張陸讓就漫不經心地垂下了眼，繼續看書。

謝林楠對他的反應有些無趣，聳了聳肩便回了頭。

午覺醒來後，已經差不多到吃晚飯的時間了。

蘇在在立刻拿起枕頭旁的手機，看著張陸讓的最新回覆。

——『不吃。』

蘇在在有點茫然，疑惑道：『為什麼不吃？』

蘇在在：『你沒時間嗎？我買飯送過去給你呀。』

蘇在在：『你在上課？』

說到這個，蘇在在從手機相簿裡翻出張陸讓的課表。

下午第二節有課，之後就沒課了啊……

蘇在在撓了撓頭，有些著急。

——『你要吃什麼，我買排骨飯給你好不好？』

——『你沒胃口嗎？那喝粥？』

等了一下，沒等到他的回覆。

蘇在在乾脆起身，換了身衣服就出了門。

還沒走到餐廳，蘇在在就接到了張陸讓的電話。他的聲音低低沉沉的，聽不出什麼情緒。

『妳在哪？』

蘇在在眨了眨眼，笑嘻嘻道：「我去餐廳呀，你要吃什麼？」

那頭頓了一下，莫名其妙地問了句：『妳上次說妳部長叫什麼名字？』

雖然不知道他為什麼問這個，但蘇在在還是誠實地答道：「謝林楠。」

張陸讓的眼瞼低垂，心裡又酸又澀，漲得難受。他抓了抓頭髮，拿著手機和飯卡便出了宿舍。

『我去找妳。』

蘇在在先到餐廳，到其中一個窗口裝了兩份飯。

不知道張陸讓還要多久，蘇在在猶豫了下，到一家飲料店前排隊。想到剛剛張陸讓說不吃，她有些惆悵。

大熱天的，買點檸檬水應該會開胃點吧……

蘇在在還在思考著，突然有人拍了拍她的肩膀，跟她打了聲招呼。她下意識的轉過頭，是同班的一個女生。

恰好，口袋裡的手機震動了下。

與此同時，女生開了口：「妳今天沒去下午的課？」

她這樣一說，應該是被記曠課了。

蘇在在也沒太介意，直接承認：「啊，對啊……」

然而，女生接下來的話像是晴天霹靂，劈里啪啦的，將她整個人劈得毫無理智可言。

「今天上課的時候有兩個男生幫妳代點了。一個是謝師兄，另一個好帥，不知道是誰……妳男朋友？」

蘇在在一臉茫然，但想到剛剛張陸讓的問題……

她點了點頭，呆呆道：「嗯，男朋友。」

隨後，她從口袋裡拿出手機，張陸讓的訊息。

——『到了，妳在哪？』

蘇在在向餐廳的門口看了一眼。看到張陸讓垂著頭看著手機，身姿高而挺拔。背著光，讓她看不太真切他的表情。

蘇在在也忘了自己在排隊買飲料，直接往張陸讓那邊走。她跑到張陸讓面前，嬉皮笑臉道：「讓讓，你今天去幫我點名啦？」

張陸讓把手機放進口袋裡，低低的應了聲。

聽到他肯定的回答，蘇在在心中的滿足感簡直要爆滿。

下一秒，張陸讓垂眸，盯著她的眼，啟唇。說出來的話低沉又緩，其中的情緒毫不掩飾，「被記了，因為另外一個男生也舉手了。」

蘇在在扯著他往自己放菜盤的方向走：「那可不關我的事，你不能怪在我頭上。」

張陸讓：「……」

「你現在是不是特有危機感。」蘇在在厚臉無恥道。

「……我沒有。」

聞言，蘇在在下意識側頭，看到他那熟悉的動作。她忍不住彎了彎唇，提議道：「我被記了兩次了，以後肯定都要去，要不然你跟我一起去？」

張陸讓的表情有些猶豫。

沒得到自己想要的答案，蘇在在開始恐嚇他：「你就不怕你貌美如花的女朋友被人纏著。」

「……」

「不怕？」

張陸讓坐到位子上，幫她把免洗筷掰開。很快，他乖乖地承認：「怕。」

聲音低低的，有些含糊不清。

他這樣的回答反而讓蘇在在愣了下。

蘇在在連忙摸了摸他放在桌子上的手，裝作安撫的樣子，自以為沒帶揩油的意味，「別怕，我只喜歡你。」

張陸讓反常的沒有生氣教訓她。他抬了抬眼，眼睛裡有什麼情緒暗湧著。

見他一直一直沒有動筷子，蘇在在忍不住開口提醒他吃飯。

張陸讓終於開了口。語氣有些委屈，又啞又沉，「別嚇我。」

隔天，部門聚餐。

幹事們愉快的聊著天，氣氛十分熱絡。

坐在蘇在在對面的謝林楠突然開口問道：「蘇在在，妳男朋友是電腦系的？」

蘇在在抬眼，「嗯」了一聲。她想起昨天那個女生說的，謝林楠幫她代點名。心裡瞬間覺得有些怪異。

「我電腦壞了，能讓他幫我修嗎？」謝林楠嘴角一扯，彎起一個大大的弧度，「也沒多難，就是重裝個系統。」

提起張陸讓，蘇在在的理智瞬間沒了，警惕心也起來了。

為什麼莫名其妙要找她男朋友修電腦，而且是電腦系的就一定會修電腦嗎？

張陸讓還沒學多久呢！

昨天幫她點名是不是為了引起張陸讓的注意……

蘇在在越想越覺得詭異，她看著謝林楠，認認真真地開口，答非所問：「他有女朋友。」

謝林楠的笑容一僵：「……」

十二月下旬某天，蘇在在的手肘搭在椅背上，垂眼跟張陸讓聊著天。

等待對方回覆的時候，她抬了抬眸，突然注意到崔雨璿脖子上有細細碎碎的紅痕。她盯著看了一下，猜測那是什麼。

在心中想了半天，蘇在在還是沒想出來，忍不住指了指，問道：「妳這是過敏還是被蟲子咬了？」

崔雨璿也沒太介意，表情大咧咧的：「這個啊？」

一旁的林可大笑：「什麼啊，那是吻痕！」

蘇在在有點茫然，轉頭看向崔雨瑢，表情有些猶豫。

「妳跟妳男朋友？不是才在一起一個多月嗎……」

「也就親親嘴和脖子啊，沒別的。」說到這個，崔雨瑢有些好奇，「妳跟妳男朋友呢？不是在一起兩年多了嗎？」

蘇在在回憶了下，表情有些驕傲，「我跟他進度也挺快的，在一起前一天就二壘了。」

崔雨瑢閃著星星眼：「現在呢現在呢！」

蘇在在沉默了一瞬。

「……還是二壘。」

狹小的宿舍裡瞬間冷場。

另一個室友鄧琴也忍不住開口道：「什麼情況啊，在一起兩年一點進展都沒有？」

蘇在在無辜地眨了眨眼：「什麼進展……」

「不說全壘打！也得三壘了吧！」

她直接擺了擺手：「不可能的。」

崔雨瑢忍不住給她建議：「要不然妳主動點？」

蘇在在早就死心了，「我主動也沒用的。」

「啊，要不妳跟他說點黃色笑話……」

聞言，蘇在在瞪大了眼：「怎麼可以！我會被他打死的！」

「怎麼會？小情侶之間這不是情趣嗎？」林可托著下巴，認真道：「妳說完之後，記得擺出一副嬌羞的樣子，他大概就欲火焚身了。」

蘇在在沉默了下來，思考著她的話，表情若有所思。

墨色的天空，深灰色的雲朵暈染其上。月光透過薄薄的雲層撒了下來，映在無波瀾的湖水上。周圍的風聲很大，寒意有些刺骨。

蘇在在被張陸讓牽著，圍著湖邊走。她嘰嘰喳喳地說著最近發生的事情，一旁的張陸讓認真的聽著。

兩人一個說一個聽，格外和諧。

快走到宿舍樓下的時候，蘇在在突然想起林可的話。她側了頭，看著他在月光下泛著光澤的唇，紅的豔麗。像是一朵引人採摘的花。

蘇在在下意識地咽了咽口水。她停下腳步，引得張陸讓也停了下來。

旁邊的人忽然不走了，而且連話都不說，讓張陸讓有些疑惑。他轉過頭，垂下眼看她：「怎麼了？」

蘇在在避開張陸讓的視線。她咬了咬牙，將想了一個晚上的、關於張陸讓的黃色笑話說出來，「讓讓。」

聽到她開了口，張陸讓才鬆了口氣，應了一聲。

「以後我跟你說『讓開』兩個字的時候，意思就是。」

張陸讓看著她髮頂的小旋，淡淡地應了聲：「嗯？」

「張陸讓，把腿張開。」

「……」

「記得要張大點。」

「……」

她說完很久後，張陸讓都沒說話。

耳邊的風聲越發的大，像是在嘲笑她的話。

這個笑話她想了很久的啊，感覺又撩人又適合此刻的氣氛。就算他不覺得好玩，也不應該生氣吧……

蘇在在有些慌亂地抬起頭，思考著是不是自己還沒擺出嬌羞的姿態。

還沒等她想好……沉默良久的張陸讓終於開了口，聲音冷得僵硬，完全沒有想笑的意思，「妳自己回去吧。」

蘇在在：「……」

第四十七章　寶貝

她說，只有張陸讓。

——張陸讓

雖然他話是那麼說，但握著她手的力道一點也沒放鬆。

蘇在在沒注意到，心思早就被他的冷臉嚇住。她立刻怕了，嬌羞什麼的，在這一瞬間全數被她拋之腦後。

張陸讓別過了眼，看著不遠處的小湖泊。

銀流傾瀉，在他側臉的曲線上暈染出淺淺的光澤。脖子上突出的喉結慢慢地滑動著，在路燈的映襯下格外明顯。

蘇在在也不知道該說什麼。色心一起，還沒想好後路就直接把那麼下流的話說了出口。

這算不算是口頭猥褻……

她怎麼能因為內心的欲望就沖昏了頭腦，聽了室友的話……

張陸讓和別的男人不一樣啊！這對他來說算是什麼情趣！

他會不會……

想起張陸讓以前說的話，蘇在在忽然有點怕了。

那種恐懼像是一條又一條的絲線，形成一張網，將她的心臟緊握。

——「我這種方法是不是更容易追到你。」

——「我可能會報警。」

報、報警……

她下意識地鬆開了張陸讓的手，垂著腦袋解釋道：「我、我跟你開玩笑的……」

張陸讓將頭轉了回頭，低頭看她，等待著她接下來的話。臉上沒帶什麼情緒，也看不出他到底有沒有生氣。

下一秒，蘇在在的話讓他冰凍的表情出現幾絲裂痕，「你別報警嗚嗚嗚……」

他有些無言以對：「誰教妳這些的。」

蘇在在睜著冒著水霧的眼，內心動搖片刻，最後還是堅定地沒有背叛室友。

她的腦袋飛速的運轉著。

蘇在在舔了舔唇，扯住張陸讓衣服上的繩子，直接湊上去親。

她實在不知道怎麼回答了！還是用這種粗暴簡單又舒爽的方式堵住他的嘴巴最開心。

哪知，張陸讓沒反應過來。他下意識地仰了仰頭，導致蘇在在的嘴唇只輕輕地觸碰到他的下巴。

蘇在在瞬間有種被人搧了兩耳光的感覺。她沉默了一瞬，同意了他剛剛說的話：「……我自己回去吧。」

蘇在在確實有點受傷了，被他這副避如蛇蠍的模樣。

聞言，張陸讓將仰著的頭歸位，垂眸看她。

她的腦袋低垂著，露出一節白皙光滑的脖子，瑩瑩發亮。從這個角度看去，能看到她小巧的鼻子稍稍皺著，眼睫微微顫動。

張陸讓的喉結又下意識地滾動了幾下。他的手掌握了拳，忍不住將她扯了回來，垂頭吻住她。

一吻結束後，他垂下眼，用冰涼的指尖摸了摸蘇在在的眼角。表情像是在思索著什麼，很快就認真道：「別老是聽別人胡說八道。」

十二月十一日晚上，蘇在在跟張陸讓在學校外面的小吃街上閒逛。

兩人走到一個賣山東煎餅的攤位前。

蘇在在側頭問了句：「讓讓，你吃嗎？」

張陸讓幫她點了一個，拿出手機掃描付款：「妳吃吧。」

攤主將雞蛋攤勻後，撒上鹹菜、蔥花和肉鬆，將面餅折疊了三分之一，塗上甜麵醬，在上面加一塊脆餅和生蔬菜，捲起，切斷，分成兩塊。

他們兩個剛好一人一塊。

蘇在在把一塊塞進張陸讓的手裡，說：「這個很好吃。」

張陸讓沒拒絕，拿起來咬了一口，咀嚼著。

蘇在在也沒急著吃，抬頭盯著他的表情。

看到他眉頭一皺，似乎不太喜歡這個味道。她連忙把那塊扯了回來，瞎扯道：「算了，我不夠吃，你別吃了。」

張陸讓：「……」

蘇在在忽然想起明天就是自己的十八歲生日。她轉過頭，有些期待地問道：「讓讓，你記得明天什麼日子嗎？」

張陸讓從書包裡拿出紙巾，替她擦了擦手指上沾到的甜麵醬。

擦乾淨後，張陸讓乖乖地答道：「妳生日。」

蘇在在厚顏無恥的補充道：「還有，是我拿著身分證就可以去開房的年齡。」

「……」

見他的表情立刻難看了起來，蘇在在眨了眨眼，無辜道：「我只是很純潔的去開個房，沒要幹別的，你別想歪。」

張陸讓不自然的別過眼，不理她。

「不過帶上你也挺好的。」她笑嘻嘻地說。

「……快吃，要回去了。」

蘇在在咬著煎餅，突然道：「明天我們部門的人說要幫我慶祝生日。」

聽到這話，張陸讓皺了眉：「妳部長也去？」

「他去不去關我什麼事。」蘇在在吃著東西，聲音有些含糊不清，「反正我不去，我讓他們別弄了。」

「……」

「我肯定得跟你待在一起呀。」蘇在在理直氣壯。

張陸讓沉默了一瞬，有些鬱悶地開了口，「妳周圍怎麼老有那麼多叫『南』的男生。」

讓他聽到這個音就生理性反感。

蘇在在認真地想了想：「沒有啊。」

聞言，張陸讓心中的酸泡泡又冒了起來，讓他無法再維持自己清心寡欲的模樣。

還沒等他說些什麼，蘇在在再次道：「只有讓。」

往年蘇在在的生日，張陸讓都是直接買她需要的東西。之後再買個蛋糕，送個紅包，沒有想太多花樣。

事實上，他也想不到什麼花樣。

但這次蘇在在的十八歲生日，張陸讓花了不少心思。上網查，硬著頭皮問室友，偶爾裝作不經意地問蘇在在。

猶豫了很久，他決定各種花樣都來一遍。

送花、送項鍊、送化妝、唱情歌……

兩人也沒地方去，開房是不可能的，所以張陸讓提前在學校附近的咖啡廳裡訂了一個小包廂。

隔天，蘇在在被張陸讓牽著走進包廂裡。她一眼就看到了桌子上的蛋糕，上面插著十幾根蠟燭，圍成一個愛心。旁邊放著一束紅玫瑰，上面埋著一個精緻的禮物盒。

桌子上還擺著好幾個禮盒袋。

蘇在在的第一個反應是：「讓讓，那個愛心是你擺的嗎？」

張陸讓舔了舔唇，有些不自然的承認道：「嗯。」

聽到這個回答，旁邊的蘇在在忽然安靜了下來。

張陸讓有些疑惑地側過頭，恰好蘇在在猛地扯住他的衣領，對著他的唇重重的親了一口。

兩人的鼻梁撞上，力道有些重。

張陸讓吃痛的皺了眉，但下意識就替她揉了揉鼻子，沉聲道：「妳幹什麼。」

受到這樣的待遇，讓蘇在在心情十分好。

同時也像是瞬間高了一個地位，霸氣地開口道：「今天我生日，你再不讓我對你為所欲為我也要生氣了！我要用行動告訴你，不是只有你會生氣的！」

「……」

蘇在在邊說邊把張陸讓扯到位子旁邊坐下。她翻了翻桌上的禮物，瞬間慫了：「會不會太貴了……」

張陸讓搖了搖頭：「沒多少。」

「你不用買這些……」

張陸讓打斷她的話：「這些都是我暑假的時候當家教賺來錢的。」

聽到這話，蘇在在怔怔地看向他。

「以後我會買更多給妳。」他垂著眼，低聲說。

說完之後，張陸讓拿起桌子上的打火機，慢慢的將蛋糕上的蠟燭點燃。

靜謐的包廂裡，只有打火機開蓋的聲音不斷響起。

啈嚓——啈嚓——

生日歌唱完後，張陸讓再度啟了唇。低沉富有磁性的聲音在包廂裡迴盪著，尾音稍揚，帶著溫柔繾綣的意味。

是蘇在在最近單曲循環的一首歌。

「我的寶貝寶被，給你一點甜甜，讓你今夜都好眠……」

蘇在在是張陸讓的寶貝。

心上的無價之寶。

第四十八章 新年

她不在，沒人逗我開心。

——張陸讓

天空像是被濃墨塗抹過，彷彿無邊無際的黑海。外頭的樹葉被寒風吹的沙沙作響，地上的枯葉隨著風捲成一團。偶爾天空上會炸出幾束煙花，慶祝明天除夕夜的來臨。

蘇在在洗漱完後，回到自己的房間裡。她一骨碌爬到床上，整個人埋在被窩裡，打電話給張陸讓。

張陸讓很快就接了起來。

因為被窩裡不透氣，蘇在在的聲音被捂得有些悶：「讓讓。」

他的聲音因為咳嗽有些沙啞，帶了點鼻音，比平時軟了不少，『怎麼了。』

「明天除夕你怎麼過呀？」

張陸讓那頭頓了下，似乎在思考，很快就答道：『跟我舅舅一起過，他今年不回B市。』

「噢。」蘇在在將被子掀開來，表情有些躊躇，「我明天要去爺爺奶奶家，每年都是這樣的……」

『嗯。』

「不過吃完年夜飯我就回來了，雖然會有點晚。」

張陸讓這才聽出她話裡的話，他垂著眸，無聲的笑：『在在。』

聲音透過電流傳了過來，莫名帶了點繾綣的意味。

難得聽他這樣叫自己，蘇在在有些受寵若驚。她忍不住捲著被子，在床上滾了一圈。動靜不小，讓電話那頭的人一直聽到窸窸窣窣的聲音。

張陸讓不免有些臉熱，他舔了舔唇，輕聲道：『等妳回來給妳新年禮物。』

「什麼禮物？」蘇在在激動道。

聞言，張陸讓猶豫了下，問：『妳想要什麼？』

蘇在在毫不猶豫：「你的肉體。」

『……』

「說實話，高一的時候我就開始想了。」

『……』

「你讓我素了三年。」

張陸讓保持沉默。

下一秒，蘇在在突然改了口：「其實應該要素十年吧。」

『……』

「十年是不是還算低估你了。」她鬱悶道。

張陸讓張了張嘴，想要反駁，最後還是什麼都沒說。他的指尖敲了敲軟塌塌的棉被，似乎有些燥。

半晌後，蘇在在突然厚著臉皮冒出來一句：「你夢到過嗎？」

這話來的有些突然，讓張陸讓一時沒反應過來。很快他就想通了，呼吸瞬間一滯。他的喉結滾了滾，有些手忙腳亂地說：『我睡了。』

蘇在在把耳邊的手機拿下來，看了下時間。

十點半了。

張陸讓的作息向來準時，蘇在在也沒再煩著他。

她伸手將床頭櫃上的檯燈關掉，笑嘻嘻道：「好，你睡吧，晚安哈。」

聽到她的話，張陸讓忍著心中的悸動，教訓道：『妳也趕緊睡，別老是滑手機到那麼晚。』

「知道啦。」

掛了電話後，蘇在在打消了滑手機的念頭，很聽話的把手機放到床頭櫃上，將窗簾關上，蓋上被子便睡了過去。

另外一邊，平時這個時間早就入睡的張陸讓反常般的在床上翻來覆去。不知道在想什麼，整個人莫名有些焦灼。

十分鐘後，他坐了起來，摸了摸有些出汗的額頭，起身，走到浴室裡。

很快，嘩啦嘩啦的水聲傳來。

聲音在寂靜的夜裡顯得格外清晰。

除夕夜晚，只有兩人的飯桌上一片安靜，偶爾傳來餐具碰撞的聲音。

林茂將口中的飯咽了下去，說：「你去把電視打開。」

張陸讓下意識地將筷子放下，正想照做，就聽到林茂繼續道：「有點聲音是不是感覺就沒那麼慘了。」

「……」

「唉，小孩子家家的，話也不多說幾句。」

張陸讓想了想，認真道：「不知道跟你說什麼。」

林茂被這話一噎：「你是說跟我有代溝？」

張陸讓沒說話，垂頭繼續吃飯，像是默認。他冰冷的面容稍稍柔和些，繃直的嘴角偷偷彎起。

林茂挑了挑眉，也沒介意。

過了一下，林茂突然想起件事情：「你這學期都沒跟你爸媽聯絡過？」

提起這個，張陸讓的好心情瞬間塌了下來：「嗯。」

「你不接他們電話？」

「……」

「你不回去過年，你媽打了很多通電話來罵我。」

聞言，張陸讓忍不住了：「罵你幹什麼？」

「啊，我也沒仔細聽。」

「……」

「大致說我太縱著你吧，說我管得太多？」

說完這話之後，林茂突然懂了什麼：「怪不得你不接她的電話。」

張陸讓默默的吃飯，沒說話。

林茂忽然嘆了口氣，沒再開玩笑：「晚點打個電話給他們。」

張陸讓手中的筷子一頓，表情有些不情願。他看著林茂的表情，最後還是妥了協，點了點頭：

「知道了。」

吃完飯，張陸讓回到房間裡。

手機鈴聲恰好響起，是阿禮打來的。張陸讓伸手在螢幕上滑了一下，接通，將手機放到耳邊。

張陸禮明朗的聲音從裡頭傳來：『哥！新年快樂啊！』

被他的聲音感染，張陸讓勾了勾唇：「新年快樂。」

說完之後，雙方同時陷入沉默。很快，張陸禮有些怯懦地開口道：『你新年真的不回來嗎？』

「嗯。」

『最近爸媽總是吵架……』

『我覺得，新年過了之後，媽可能會去Z市找你。』

『你打個電話給她吧，今天年夜飯我看她都沒吃多少……』

『哥，你也別太……』張陸禮似乎說不下去了，他的聲音一下子變得悶悶的，『你也不能說不回來就不回來啊……』

張陸讓盯著自己手掌上的紋路，失了神：「我知道了。」

掛電話之前，他聽到張陸禮再度開了口，聲音帶了點小心翼翼：『哥，我想考Z大的研究生……』

張陸讓沒多大在意，淡淡道：「你自己決定就好。」

張陸讓猶豫了一下，很快撥通了張母的電話。只響了一聲，那頭就接了起來，沒有立刻開口。

兩方像是在僵持，一場無聲的拉鋸戰。

最後還是張母先忍不住，聲音因為憤怒有些尖利：『張陸讓，你還當我是你媽嗎？平時不接電話，現在連過年也不回來？』

張陸讓沒說話。

很快，那頭的聲音低了下來，像是在克制著怒火，『改你志願的事情，是我跟你爸做的不對，你要學電腦就好好學。大學期間，我不會再干涉你那麼多。』

張陸讓的眉心稍稍舒展開來，心底的放鬆還沒維持多久。

下一刻，他就聽到張母繼續道：『節假日必須給我回來！你是不是在你舅舅身邊待太久了？根本沒把我和你爸放在眼裡了？』

張陸讓抿了抿唇，輕聲道：「我……」

張母越說越氣，直接打斷他的話：『我是你媽，我能害你？B大的金融系不好？畢業之後直接到自己家的公司不好？還不用受別人的氣！』

「……」

『你弟當初怎麼沒你這麼多事？國三要轉學，考題不同也非要在Z市上一年高中，填志願這件事情完全沒跟我們商量就自己填，你覺得你對？』

張陸讓難得見張母那麼大火氣，他忽然就沒了剛剛那想要反駁的情緒，眼睛酸澀難掩。濃濃的無力感向他襲來，將他捲入其中，無法掙脫。

半晌後，張陸讓莫名其妙地提起了蘇在在，「我有個很喜歡的女生。」

聞言，張母一愣，聲音又沉了下來：『你……』

張陸讓突然有了脾氣，像個孩子一樣，提高音量打斷她的話：「她每次提到自己的父母，眼底全是驕傲。不論做什麼事情，她都無所畏懼。因為她有一對很好也對她很好的父母。」

張陸讓的聲音低了下來，喃喃低語，話裡像是帶了淚。

「……我很羨慕。」

電話那頭的張母似乎被他的話嗆到一句都說不出來。

張陸讓發了下呆，很快就回過神，將電話掛斷。他垂著眼，翻了翻手機，看到幾分鐘前蘇在在傳來的訊息。

──『哈哈哈哈我今天跟我媽說了！』

──『我跟她提了你！！』

──『她說我那麼喜歡你，她肯定也會對你很滿意嘿嘿嘿。』

張陸讓扯了扯嘴角，慢慢地回覆。

──『那就好。』

第四十九章　嫁給你

時間再快一點。
等她長大。

——張陸讓

蘇在在回到家的時候，已經快晚上十點了。

蘇母一進家門便回房間拿了換洗衣服去浴室洗澡，蘇父則坐在沙發打開電視看賀歲節目。

客廳裡頓時響起了節目的歡笑聲。

蘇在在直接坐在茶几旁的小板凳上，傳訊息給張陸讓。

——『我回到家啦。』

——『讓讓。』

——『除夕夜要不要見一面呀。』

——『你睡了嗎？』

偶爾聽到電視裡的聲音稍微大點，她還會下意識地抬抬眼，但注意力明顯沒有半分放在那上面。很快，蘇父注意到她的神情，漫不經心地開了口，「妳等等要出去？」

蘇在在看著手機螢幕，對方還沒回覆，她也不太確定。想了想，蘇在在含糊不清地說：「還不一定。」

「我們家從今天開始有門禁了，十點前沒回來就不准回來。」

蘇在在瞪大了眼，視線終於從手機上挪開：「我媽同意了嗎？」

電視的聲音有些大，蘇父拿著遙控調小了些：「這樣，妳把妳今天收到的壓歲錢分我一半，門禁取消。」

蘇在在不敢置信地看向他。

蘇父像是沒注意到她的視線，完全不看她：「妳也對妳爸好點，他都二十多年沒收過壓歲錢了。」

與此同時，蘇母恰好從浴室出來。

蘇在在立刻哀號了聲，對著她喊：「媽！爸要搶我的壓歲錢。」

蘇母剛想往房間走的步伐收了回來，轉了個方向，向客廳這邊走來。她直接坐到蘇父的旁邊，轉頭看了他一眼。很快就收回視線，看向蘇在在。

「所以妳今天收了多少壓歲錢？」

蘇在在：「……」

蘇父剛起身，準備去洗澡的時候，蘇在在終於收到張陸讓的回覆。

——『還沒。』

——『剛剛在洗澡。』

看到這個，蘇在在立刻站了起來，笑嘻嘻的對著二老說：「我要出去啦！」

似乎早就料到了，蘇父、蘇母也沒說什麼。

「爸媽，你們早點睡哈。」蘇在在想了想，厚顏無恥道：「你們的女兒太辛勤了，能讓你們不費吹灰之力就得到一個極其完美的女婿。」

「……」

蘇父默默地走到浴室洗澡。

蘇母嗑著瓜子，沒理她。

沒得到回應的蘇在在有些委屈，她邊穿著外套邊說：「媽妳怎麼不理我？妳剛剛還說會對他很滿意的！」

沉默了半晌後，蘇母淡淡地開了口：「我現在是對妳不滿意了。」

蘇在在：「……」

蘇在在走到張陸讓家門口才回覆他。她吸了吸鼻子，冷得發顫，打幾個字就在原地跳兩下，驅去幾分寒意。

蘇在在：『那你現在在哪？』

張陸讓：『家裡。』

蘇在在：『家裡哪裡？』

張陸讓：『……』

張陸讓：『房間。』

看到這兩個字，蘇在在抬眼看了看眼前的房子，獨棟別墅。

蘇在在剛想問張陸讓房間在一樓還是二樓。還沒等她開始打字，面前的門倏地打開來。「吱嚓」一聲，伴隨著男人高挺的身影。

張陸讓剛洗完澡，髮尖還有些濕潤。手上拿著的手機螢幕亮著，細看的話還能看出上面是跟她的對話。穿著一件暗藍色薄毛衣和一條灰色的修身長褲，一副室內的裝扮。完全無法抵擋外頭七、八度的氣溫。

蘇在在的眉頭一下子就皺了起來，滿臉不高興：「你先把頭髮吹乾，穿件外套再出來。」

門前的聲控燈因為她的聲音再度亮起。暖黃色的燈打在他的臉上，像是柔化了他的面部曲線，溫潤和冷清的氣質一下子融合在一起。

張陸讓盯著蘇在在冷得發抖的身子，沉默了一瞬。很快向她這邊走來，牽起她的手揉搓了兩下。隨後，他第一次鬆了口：「妳要不要進去待一下」。

語氣很柔和，像是她有了點動搖就會立刻把她送回家一樣。

想起他以前死活不讓她進去的模樣，蘇在在真的有些受寵若驚……

她本想立刻答應下來，但突然想起這麼晚了，張陸讓的舅舅肯定在家。

想到這個，她有些退怯了。

蘇在在猶豫了下，誠實道：「你舅舅在，我不敢進去……」

「他不在。」張陸讓輕聲道：「他剛剛出去了。」

這個回答讓蘇在在鬆了口氣，剛剛慫了的模樣立刻消失得無影無蹤。

「那快進去吧，別浪費時間了。」

「……」

「讓讓，春宵苦短啊！你還要我要提醒你嗎！」

張陸讓沉默著，從鞋櫃裡拿了雙沒穿過的室內拖鞋給她，蹲下來放到她身前。

酥酥在他們旁邊興奮地轉著圈。

蘇在在笑嘻嘻地彎下腰，摸了摸牠的腦袋。

很快，張陸讓牽著她往客廳走。

注意到走的方向是往明亮寬敞的客廳，蘇在在立刻扯著他，停下步伐。

他下意識回頭看。

「你讓我待在客廳嗎？」

「……嗯。」

「你不怕你舅舅突然回來嗎！」

張陸讓有點茫然：「怕什麼？」

他的嘴裡還含著一句「而且他也沒那麼早」。

還沒等他說出來，張陸讓就聽到蘇在在有些小心翼翼的說：「就、就我一個人來你家，跟你單獨相處……」

聽到這話，他的表情瞬間有些不自然。

張陸讓下意識的握了握另一隻空著的手，張了張嘴。

「那……」我送妳回去吧。

下一秒——

「要是你舅舅誤會我要對你做什麼怎麼辦啊……」

張陸讓：「……」

他垂下眼看她，盯著她的表情。

……看起還很認真。好像真的沒有半點開玩笑的意思。

張陸讓頓了頓，很快，他安安靜靜地，妥協地牽著她往樓上走。

蘇在在緊繃的心情終於放鬆了下來。她抬眼，看著張陸讓的背影，莫名變得滄桑了不少。

蘇在在頓時覺得，他像是帶著視死如歸的情緒把她帶進他的房間裡。她舔了舔唇，忍不住安撫道：「你也不用那麼怕啊……我會把持住的。」

「……」

上了樓，張陸讓牽著她走進右手邊的第二個房間。

房間很寬敞，整體的色調偏冷色系。書桌上，電腦和檯燈亮著，一旁是幾本翻開的書。

蘇在在下意識的看了幾眼，說：「你剛剛在看書嗎？」

張陸讓低聲應著她，走到書桌前拿起上面的一個袋子，遞到她面前。他垂眸看她，眼裡的光璀璨生動：「新年快樂。」

蘇在在接過，打開看了一眼。

是一件連身裙，還是她很喜歡的款式。

蘇在在愣了愣，輕聲問：「你自己去買的啊？」

張陸讓舔了舔嘴角，表情像個獻寶的孩子，「好看嗎？」

「好看啊！超級好看！」

張陸讓也忍不住彎了彎唇，憂鬱的心情被她全數掃光。

很快，蘇在在就鬆開手。

因為自己還沒洗澡，蘇在在直接坐到床邊的地毯上。

張陸讓也下意識的坐在她旁邊。

門關著，外頭的酥酥發出撒嬌的聲音，抓著門。

蘇在在盯著看了一下，看張陸讓沒動靜，她也沒說什麼。

半晌後，蘇在在小聲地說：「我沒買新年禮物給你。」

張陸讓也沒太在意，點點頭：「嗯。」

下一秒，蘇在在從自己帶來的包裡翻出今天收到的壓歲錢。

十幾個紅豔豔的紅包忽然亂墜在張陸讓眼前。

她得意洋洋地說：「出門前我爸媽還要我把壓歲錢分給他們，我堅定地拒絕了。」

張陸讓看著她這副孩子氣的模樣，忽然覺得有些好笑。

「加上以前的，我收了十八年的壓歲錢了。」蘇在在掰著手指算，認認真真的說，「雖然都在銀行戶頭裡。」

張陸讓的背靠床腳，安靜地聽著她接下來的話。

蘇在在算不清有多少錢，猶豫道：「我感覺數目應該不算小吧……」

他本以為，她的下一句話會是：「要不然你來幫我算吧！」

等了一下，張陸讓終於等到她開口。

「這些錢都沒用過，等大學畢業我用來買戒指。」

聞言，張陸讓錯愕地轉過頭看她。

「這樣的話，你就可以當作是。」蘇在在突然也有些不好意思，垂下了眼，「我從小到大存錢的目的就是為了要嫁給你呀。」

門外的酥酥已經放棄抓門的動作，偶爾還能聽到牠從鼻子裡發出的委屈的聲音。

周圍安安靜靜的，像是能聽到空氣的流動聲。

房間裡，在張陸讓昨天肖想她的地方——

那個曾經怎麼都不讓蘇在在進家門的男人，突然向前傾了身子。他單手撐著地，側過頭，從下往上，情難自控的吻住她的唇。

蘇在在下意識的往後傾，被他抵著後背，固定住。

寬厚的手掌從慢慢的往上挪，扣住她的腦後勺。唇舌不斷的深入，侵占她的全部。

他的吻第一次帶了欲念。

滿滿的，全是占有欲。

第五十章　命運

我也是。

——張陸讓

蘇在在心神一蕩，乖乖地承受著他的吻。最後還是忍不住反客為主，揪著他的舌頭吮了下。兩片濕軟糾纏不斷，互相攫取對方的氣息。

半晌後，張陸讓手中的力道慢慢放鬆。他像是眷念般地舔了舔她的下唇，用額頭抵著她的額頭，垂眸盯著她的眼。

一室的曖昧向四周擴散開來。

因為長時間的吻，蘇在在的嘴唇變得紅豔豔的，泛著光澤。她下意識地舔了舔唇，像是在回味著。

很快，蘇在在的眼睫一掀，放在地上支撐著身子的手抬起來，勾住他的脖子。

張陸讓黝黑的眼裡一片深邃，最底處似乎還閃著明明滅滅的火。他沒動靜，像是放任她的動作。

下一秒，蘇在在又湊了上去，咬住他的唇。

張陸讓的眼底閃過幾絲掙扎，很快就把她扯開來。

蘇在在眨了眨眼，無辜道：「你幹嘛？」

他立刻別過頭，表情像是落荒而逃，「很晚了，我送妳回去。」

蘇在在傻了，喃喃道：「……我連肉沫都沒吃到吧？」

張陸讓假裝沒聽到，重複道：「回家。」

「哪有這樣的！」蘇在在瞪大了眼，瞬間不高興了，「我說我會把持住，前提是你別來撩我啊！你怎麼能撩了我之後……」

「……」

「我真的不知道該怎麼形容我現在的感覺。」

張陸讓也不知道該說什麼，聲音帶了點討好，「……回家吧，快十一點了。」

「老是這樣，我怕我以後會變成性冷感。」蘇在在哼了聲，嘟囔道：「到時候吃虧的還是你，你自己想清楚。」

「……」

威脅完之後，蘇在在認真的看著他，「所以，你是要讓我再待多一下，還是吃虧。」

張陸讓的喉結滾了滾，腿間的脹痛感越發強烈。很快，他垂下了眼，咬著牙道：「我舅舅要回來了。」

蘇在在一下子就慫了：「那我回去了。」

她站了起來，想了想，說：「你別出去了，剛洗完澡別吹風。」

張陸讓像是沒聽到，也站了起來，往衣櫃那頭走去。他打開衣櫃門，沒了動靜。神情有些呆滯，不知道在想什麼。

蘇在在有些疑惑道：「你怎麼了？」

張陸讓反應過來，原本粗重的呼吸漸漸平復了些。

隨後，他從衣櫃裡拿出一件軍綠色的大衣穿上，再從其中一個櫃子裡拿出一條純黑色的圍巾。

張陸讓走回蘇在在面前，慢悠悠地將圍巾圍在她的脖子上。

蘇在在乖乖地站在原地，盯著他因為微微彎腰而逼近的眼。濕漉漉的，像是剛被人蹂躪過，泛著璀璨的水光。

張陸讓沉默著調整著圍巾，動作輕柔，怕勒到她的脖子。表情專注柔和，房間裡的氣氛瞬間變得溫馨又安靜。

很快，張陸讓捋了捋她的頭髮，牽著她往外走。門一拉開，趴在門外的酥酥立刻就爬了起來，搖著尾巴撒嬌。

張陸讓看了牠一眼，小聲的說：「去睡覺。」

走出家門後，寒風一吹，舒緩了張陸讓體內的熱氣。

他忽然想起剛剛的事情，轉頭看向蘇在在，「以後要來找我提前跟我說一聲。」

別在外面吹風。

「那你以後也吹乾頭髮再出來。」

不要生病。

把她送到家樓下，張陸讓正想往回走。

蘇在在立刻扯住她的手腕，觸感溫涼又軟：「讓讓，我還沒跟你說我的新年願望。」

張陸讓扯了扯嘴角，看著她，一副等待的模樣。

「在跟你結婚之前。」

「我每年的新年願望都是。」

「蘇在在要嫁給張陸讓。」

我日日夜夜都如此期盼著。

希望，上天和你都會幫我。

幾天後，張陸讓剛準備出門跟蘇在在看電影的時候，接到了張陸禮的電話。他邊走出門，邊接起電話。

張陸禮的聲音從電話裡傳了過來，帶了點疲憊，沙啞又沉：『哥。』

聽到他這樣的語氣，張陸讓的腳步一頓，輕聲道：「怎麼了。」

『我不考你那了。』

「嗯。」

『系裡有出國深造的名額，爸媽讓我去爭取那個。』

張陸讓沉默了一瞬，淡淡道：「你不應該什麼都聽他們的意見。」

『其實也不是。』張陸禮緩緩道：『我也沒什麼想法，一直都是他們幫我決定的，我也懶得自己想。』

「……」

『我知道我這樣不好，但我習慣了。』

張陸讓嘆息了聲：「阿禮。」

『出國也好，至少，』張陸禮頓了頓，『不用過成這樣了。』

兩人突然安靜了下來。

半晌後，張陸禮開了口，聲音帶了點顫意：『哥，我過得也不是很開心……』

「……」

『他們老是什麼都管著我，一見到外人就扯著我誇。我做錯一件小事情，在他們眼裡瞬間就無數倍放大。』

張陸讓的喉結滑動著，忍著心底的酸意。

骨血間的感情，只需一句話就能讓人的心澈底失了防線，潰不成軍。

『我什麼都不敢做錯，我也不敢跟你抱怨。』

『我怕你覺得我在炫耀……』

『我跟他們吵架了，他們說我不能學你那樣，什麼事情都違逆父母的話。』

張陸禮的聲音帶了點哽咽。

『可我也想，走得遠一些。』

按照自己的想法，逃得遠一些。

一直都很想。

很快，張陸禮的情緒調整了過來。他的聲音一下子又揚了起來，明朗又有感染力：『哈哈哈，哥你別怕媽過去找你，她跟我說了，你不回來也別想她去找你。』

張陸讓還沒從他剛剛的話裡緩過來，低低的應了一聲。

『我也不知道他們在想什麼，但應該也不想害你，就是方式不對。』張陸禮含糊不清道，很快就換了個話題，『我拿到導師的推薦信就準備出國了。』

「知道了。」

只有一句，不知道在回答哪句話。

片刻的沉默後，張陸禮忽然說了句：『我那時候不是故意的，對不起。』

多年後的道歉。

聞言，張陸讓垂下眼，嘴角彎起，裝作聽不懂的樣子，「什麼時候。」

那頭的張陸禮釋然的笑了聲：『沒事。』

之前那幾年，他們誰都過的不好。

所以，誰都沒有資格怪誰。

掛了電話，張陸讓平復了下心情，再次抬起腳，往蘇在在家樓下走。

遠遠的就看到她從那頭跑了過來，臉上帶著明媚的笑。

蘇在在撲進他懷裡，笑意洋溢到眼尾。她的心情很好，還將以前對他的稱呼搬了出來：「大美人，去漆黑的電影院裡摸小手呀！」

張陸讓彎著唇，說了聲好。

記憶裡那個少年。

那個接到父母電話，聽到阿禮的名字就開始自卑的張陸讓，似乎在不知不覺間消失得無影無蹤。

冥冥中，上天總有旨意。

命運對他的那些不好，全部都是對未來的鋪墊。

為了讓他遇見一個人。

因為這個，張陸讓開始相信，每個人的一生都一定會有一個美好的存在。

他的多簡單，就只有三個字。

含在嘴裡繾綣多久，都捨不得放開的三個字。

「蘇在在。」

第五十一章 占有慾

其實她跟別的男生說一句話我都不開心。
但我那樣說了，她應該就不會覺得我很小氣了吧。

——張陸讓

二月底，蘇在在迎來了她大一的第二個學期。

開學前一天，蘇在在從衣櫃裡拿出衣服換好，低頭瞟了手機一眼，剛好看到張陸讓傳訊息說已經到樓下了。她連忙把上次他給自己的黑色圍巾戴上，拖著笨重的行李箱往外走。

南方的冬天又濕又冷，不管穿的多厚，冷空氣都能從任何一個角落裡鑽入你的毛孔裡，無處逃脫。

出了門，一陣冷風吹來。蘇在在忍不住縮了縮脖子，半張臉埋在圍巾裡。隨後，她走過去牽住張陸讓的手。

張陸讓只背著個裝電腦的背包，其餘什麼都沒帶。他反握住她的手，下意識地上下掃了她一眼。

蘇在在今天穿了一件米色的毛衣裙，外頭穿了褐色的羊絨外套，搭著一條圍巾，下身是一條黑色的加絨打底褲。

張陸讓的臉色一下子就難看了起來。

蘇在在被他教訓過不少次，注意到他的表情後便立刻道：「你不准罵我，我是一個經不起罵的人。」

聞言，張陸讓靜靜的看著她。

他見過蘇在在傳給他的貼圖裡有這句話。

——我是一個經不起罵的人，如果你罵我，我就罵你。

他抿了抿唇，想著等她說完之後，兩件事情一起教訓。

張陸讓垂著眼，默默地在心中斟酌著用詞。

冬天不要穿那麼少，會著涼。而且，他也沒想過要罵，就是……

還沒等他斟酌完。

蘇在在忽然踮起腳，湊到他面前，嬉皮笑臉：「如果你罵我——」

張陸讓停下了思緒，垂頭看她，等著她把話說完。

「——我就親你。」

聽到意料之外的答案，張陸讓愣了一下。他的視線慢慢向下挪動，看著蘇在在的唇瓣。塗了一層薄薄的潤唇膏，看起來粉嫩又水潤，泛著光澤。

張陸讓的喉結滾了滾，沉默下來，不知道在想什麼。等了一下，果然沒聽到他略帶冷硬的聲音。

蘇在在心滿意足地拉著他往車站走。

走了一半，蘇在在突然聽到後頭的張陸讓開了口，聲音有些含糊不清。像是在心底天人交戰後，還是抵不住誘惑般的把話說了出來，「蘇在在，冬天穿那麼少不對。」

已經過了幾分鐘，蘇在在完全把剛剛調戲張陸讓的話拋之腦後了。聽到這話，她也沒多想，只是乖乖地點點頭：「知道了。」

張陸讓：「……」

到學校之後，張陸讓先幫蘇在在把行李箱搬回宿舍。

宿舍裡已經回有兩個人回來了，蘇在在跟她們打了聲招呼後，把行李箱推到自己的位子上，準備回來之後再收拾。

出宿舍前，蘇在在看著張陸讓背著的背包，忍不住過去扒下來。裡面裝著電腦，有些重，背久了肯定不好受，「先放這吧，等等吃完飯再來拿。」

張陸讓垂眸看了被她放在椅子上的電腦一眼，沒反對。

天空像被墨水塗抹過，黑漆漆的，將繁星點點淹沒在內。周圍的樹葉被風吹的沙沙作響，石板路上似乎泛著寒氣，逼人顫抖。

學生陸陸續續從家裡回來，寒假期間學校附近空曠冷清的小吃街瞬間被填滿，增添了幾分生氣。

因為天冷的緣故，蘇在在扯著張陸讓進了一家烤魚店裡。

裡頭剛好只剩一桌空位，兩人面對面坐了下來。

蘇在在從口袋裡拿出手機，快速地敲打著螢幕。

對面的張陸讓將包著碗筷的塑膠膜撕開，用熱水燙了一遍。處理好後，他默默地將碗筷推到蘇在在面前。

蘇在在用餘光看到他的動作，忍不住抬起頭，笑嘻嘻道：「賢慧。」

張陸讓沒說什麼，垂眸重複剛剛的動作，把自己的碗筷也洗了。

菜上了之後，蘇在在把手機放到口袋裡，認真吃飯。

因為被魚刺卡過喉嚨，所以蘇在在吃魚的時候很小心。注意力都放在挑魚刺身上，完全沒有開口的欲望。

過了一下，她突然問道：「讓讓，要不要我幫你挑掉魚刺？」

張陸讓抬了抬眼，搖頭：「不用。」

「但好多刺……」

沉默片刻，張陸讓頓了頓，心底有了個猜測：「妳要我幫你挑？」

聞言，蘇在在委屈地瞪大了眼：「你怎麼能這樣想我。」

「……」

「就因為今天我讓你把行李箱搬上去嗎？」

「……不是。」

蘇在在盯著他的臉，認真道：「你下次不用勉強搬，我小學就能抬起桶裝水了，搬個行李箱小菜一碟。」

張陸讓沒再回她，面無表情地吃飯。

蘇在在有些鬱悶，小聲地問：「你怎麼不說話了。」

「吃飯。」他說。

「噢。」蘇在在繼續挑魚刺，邊挑邊說，「我等一下可能要去最時光一趟，昨天是部長的生日，他們說今天幫他補生日會。」

張陸讓的動作一頓，再度抬起頭，靜靜地看著她。

蘇在在沒注意到，想了想，繼續道：「我先陪你回宿舍，順便把電腦拿給你。」

因為烤魚有點辣，張陸讓的聲音有些沙啞。他舔了舔紅豔的唇，火辣辣的，帶了點刺痛感，「部長是謝林楠？」

蘇在在點點頭，把碗裡挑好的魚肉放到他面前。

張陸讓看著那個陶瓷碗，碗壁上還附著她白淨的手，沒有及時放開。瑩潤白皙，筆直纖細，連曲起的弧度都格外好看。讓人看著就想伸手握住。

他的眉眼垂了下來，濃密的睫毛掩去了他的情緒。

張陸讓不知道該說什麼。他把碗推了回去，認真道：「電腦明天再拿吧，等等我送妳過去那邊。晚上別一個人走，我不放心。」

蘇在在眨了眨眼，指了指那個碗，說：「你不吃嗎？」

「妳吃吧。」說完這句話後，張陸讓頓了頓，補充道，「我幫妳挑。」

把蘇在在送到最時光KTV門口，張陸讓叮囑她幾句話之後，才轉頭往學校的方向走。

蘇在在在原地站了一下，看著他的背影。她突然反應過來，喊了張陸讓一聲，小跑著過去扯住他衣服的下擺。

張陸讓回頭，漆黑的眼沉沉的，看不出情緒。

「你不喜歡的話，我就不去了好不好？」她說。

聽到她的話，張陸讓偽裝出來的無所謂瞬間被瓦解。

蘇在在的表情有些不安，手上的力道握緊了些，「你別不開心……」

張陸讓剛想說什麼，不遠處突然傳來一個女生的聲音：「喂！在在！妳來了怎麼不進來啊！」

蘇在在下意識的往聲源處望去，是副部長。

見到蘇在在旁邊的張陸讓，副部長一下子就懂了，笑道：「妳男朋友啊？要不要一起來？人多也熱鬧點。」

聞言，蘇在在有些猶豫。

張陸讓不是很喜歡這種吵鬧的環境……

她轉頭看了他一眼，小聲地問：「你想去嗎？不想去我們就回去。」

張陸讓扯了扯嘴角，將她纏在衣服上的手揪了下來，握住。然後抬腳，長腿一邁，向著最時光的方向走，漫不經心道：「想的。」

副部長走在前面，推開KTV的門。

謝林楠剛好站在門口的位置倒飲料。他用餘光注意到門開了，下意識地抬了抬眼。看到來人，他嘴角的笑意驀地一僵，很快就收回了視線。

部門的幾個幹部起鬨了幾聲，很快又各玩各的。

新媒體部的幹部加上部長有十二個人，所以按照人數訂了一個大的包廂。包廂裡有兩張長桌子，放在沙發中央。其中一張桌子已經圍滿了人，正在玩搖骰子。

蘇在在扯著張陸讓往另一張桌子走。

幾個女生也坐在這一桌，拿著麥克風唱著歌。

包廂裡的聲音震耳欲聾，謝林楠也沒開口，直接推了兩杯可樂過來。

蘇在在用口型說了聲「謝謝」。隨後她在桌子上拿起一個空杯子用水沖洗了下，倒了杯白開水放在張陸讓面前。

今天的張陸讓格外古怪。他垂著眸，盯著蘇在在的動作，然後轉頭看了看謝林楠的表情，忽然彎了彎唇，長臂一伸，勾住蘇在在的脖子，向他的臂彎裡一扯。

蘇在在一下子就陷入他的懷裡，鼻尖差點撞上他的胸膛，清冷的氣息撲面而來。

難得見到這麼熱情的張陸讓，她愣了一下，側頭看他，「怎麼了？」

她本以為張陸讓會說「不小心碰到的」，或者是「那邊有蟲子」什麼的。哪知，張陸讓盯著她的眼，第一次面不改色的撒謊，「不是妳自己撲過來的嗎？」

音樂正好到伴奏部分，所以比之前稍稍安靜了些。張陸讓的聲音不大不小，低沉的聲音剛好能讓這一桌的人聽得清清楚楚。

聽到這個回答，蘇在在瞪大了眼。她挪了挪視線，注意到到他的手完全沒有要抬起的動靜。

半晌後，蘇在在開始懷疑自己。

……剛剛到底是不是她主動撲上去的。

把飲料倒完之後，謝林楠往周圍掃了一眼，包廂裡只剩下張陸讓旁邊有個空位。他頓了頓，還是決定坐下去。

張陸讓側頭看了他一眼，然後變本加厲。他的眉梢揚了揚，淡淡道：「妳不就喜歡這樣嗎？」

「什麼？」蘇在在茫然。

張陸讓的眼神柔和下來，盯著她的雙眸，語氣帶了點誘哄，「妳不是只喜歡我一個嗎？」

蘇在在完全忽略他詭異的行為，被他的眼神迷得神魂顛倒。她點點頭，極其捧場地吐出三個詞，「喜歡，超級喜歡，喜歡到炸。」

張陸讓明顯感覺到隔壁的人身體一僵。

達到了目的，他滿足地喟嘆了聲。

下一瞬間，張陸讓垂下頭，嘴唇附在蘇在在的耳邊，「我們回去吧。」

回去的路上，兩人一路沉默。

就快到女生宿舍樓下的時候，蘇在在忽然開了口，聲音幽幽的，像是不敢置信那般：「讓讓，你剛剛……」

事情一過，張陸讓的表情也有些不自然。

不過他一點都不後悔就是了。

蘇在在猛地摟著他的脖子跳了下，「哇！你吃醋了嗎！你剛剛是在宣示主權嗎！」

張陸讓任由她抱，單手扶著她的背，沒有否認。

激動過後，蘇在在收斂了情緒，表情變得認認真真的：「不用不開心呀，我們部門的人都知道我有個很帥的男朋友！」

本以為能安撫到他，可張陸讓沉默了下，很快就說：「就是不開心。」

蘇在在驀地一愣。

「我不喜歡別人也喜歡妳。」

「蘇在在，我從不跟別的女生聊天。」

「妳跟別的男生聊天我可以忍著不生氣。」

他微微彎了腰，黑亮的眼與她的平視。心中的野獸一下子就衝出了枷鎖，「但妳不能跟他們玩。」

蘇在在表情有些呆滯。

面前的張陸讓，似乎和高一下學期的他重疊了起來。當時稚嫩的臉蛋硬朗成熟了不少，尾音有些高的少年音也低沉了些。

——「不准跟別的男生玩。」

蘇在在乖乖地點頭，心底瞬間像是被蜜糖浸泡過。甜蜜的心情讓她變得迷迷糊糊，毫無思考的能力。

得到她的回應後，張陸讓垂下腦袋，將臉埋進她的頸窩裡。他張嘴，咬住她脖子上的軟肉，舔了舔。

張陸讓的聲音低沉沙啞，伴隨著紊亂的氣息，放在蘇在在後背的手力道緊了些。隨後，他毫不遲疑、毫無保留的把他整顆心掏出來給她看。

「不然，我心裡難受。」

第五十二章　吃醋

她說我以前對她不好。
那我以後再好一點。

——張陸讓

他的臉還埋在蘇在在的頸窩，滾燙的氣息毫無規律。

寒風從四面八方襲來，與她脖頸處的熱度形成了鮮明的對比。

這寒意將蘇在在吹得清醒了幾分。她忽然有些莫名其妙，側頭，嘴唇貼在他耳邊說話：「你說的是哪個啊？我沒跟誰玩的好呀。」

不等張陸讓回答，蘇在在立刻就想到答案：「部長？」

聞言，張陸讓抬起頭，垂眼看她。他的嘴唇抿著，眉心聚攏，不悅的情緒外泄的明顯。

「你吃他醋？」蘇在在舔了舔嘴角，小聲地嘟囔著，「還不一定是你吃醋呢。」

張陸讓沒聽清，聲音還有些沉：「什麼。」

蘇在在沒再說這個，突然提起另外一件事情：「我室友跟我說，她之前去圖書館的時候看到有女生跟你要聯絡方式。」

張陸讓點點頭，想了想，還是誠實道：「每天都有。」

「……」蘇在在沉默了一瞬，眼睛一眨也不眨地盯著他。很快，她開了口，聲音幽幽的：「你為什麼要跟我強調每天？」

張陸讓愣了一下，認真的說：「我沒給。」

危機感一下子爆滿的蘇在在立刻像是被妒婦上了身。

「那你怎麼回的？」

「不能。」

「只說了句不能？」

「嗯。」

蘇在在沒再開口，垂著頭，思考著。半晌後，她有些好奇地問：「你記得你當初怎麼拒絕我的嗎？」

聽到這話，張陸讓的表情僵了下，沒答。

「你當時撒謊說自己沒有。」

「……」

想起這個，蘇在在完全忘了計較別人跟他加好友的事情：「你那時候整天只知道拒絕我，一天到晚想著怎麼拒絕我。」

張陸讓的嘴唇動了動，但還是什麼都沒說。

「唉，因為你我還偷偷哭過成千上百次。」

這下張陸讓忍不住了，疑惑道：「我以前對妳那麼不好？」

聽到這個問題，蘇在在毫不心虛，厚顏無恥的承認：「是啊。」

她的表情像是他犯了什麼滔天大錯，頓了一下，補充了一句：「你回去好好反省吧。」

張陸讓：「……」

回宿舍後，蘇在在把拿了一路的圍巾掛在衣櫃的掛鉤上。她忍不住摸了摸脖子，上面的餘溫似乎還沒散去，泛著燙意。剛剛他留下的觸感還能清晰地感受到。

幸好出烤魚店之後沒把圍巾戴起來。蘇在在彎著唇想。

蘇在在快速的洗了個澡，打開行李箱，把裡頭的東西整理好。

崔雨璿坐在椅子上，看著蘇在在收拾東西。過了一下，她想起一件事情：「對了，在在，社會實踐報告妳寫了嗎？」

「啊，寫了。」

蘇在在把行李箱裡的電腦放到桌子上，按了下電源鍵，顯示電量不足。她正想插上電源，原本光亮的寢室突然變得漆黑一片。

幾個女生下意識的叫了一聲。

隨後，蘇在在打開手機的手電筒，問道：「停電了？」

「我看看。」林可打開門，探頭看了看別的寢室，「好像只有我們……」

崔雨瑢「啊」了聲，想了起來：「是不是沒繳電費。」

蘇在在鬱悶地看著電腦螢幕陷入一片黑暗，她邊點亮手機邊問道：「社會實踐報告截止什麼時候交？」

「好像今晚十二點之前吧。」

蘇在在點點頭，傳訊息給張陸讓。

——『讓讓，我用下你電腦，順便幫你把社會實踐報告交了。』

張陸讓很快就回覆：『嗯，我放在桌面的資料夾裡。』

蘇在在把自己的電腦放在一旁，把張陸讓的電腦放到桌子上。她將檯燈的USB插頭插在行動充電器上，打開。宿舍一下子變得明亮了起來。

蘇在在從書包裡拿出自己的硬碟，插在電腦上。等待讀取的時間裡，她掃了桌面一眼，點開上面唯一一個資料夾。

裡面有幾十個word檔案和excel表格，蘇在在掃了幾眼，在倒數第二行看到了張陸讓的社會實踐報告。她正想打開確認一下，就看到底下的另一個檔案。

檔案的名字是：UCL大學申請表。

蘇在在愣了一下，她舔了舔唇，下意識的直接戳進去看。點進去之後，她忽然覺得這樣有些不好，剛想關掉直接問張陸讓，就看到了的申請人的名字。

——「張陸禮」。

她盯著名字看了兩三遍，再三確認不是張陸讓之後，才鬆了口氣。

蘇在在掃了一眼，將滑鼠向右上角移動，眼睛突然停在上面的申請研究生學位。

她的視線慢慢的向下挪。

出生年月：一九九七年九月。

她的瞳孔一震。

弟弟，十九歲，研究生。

——我爸媽不喜歡我。

蘇在在垂下眼，不知道在想什麼。很快，她重新抬起頭，靜靜的把檔案關掉。幾秒後，她猶豫了下，再次打開。點擊紀錄，打開最近使用的文件，把記錄刪除。

四月底，氣溫漸漸上升。天氣陰沉沉的，經常落下密密斜織的小雨。枯枝爛葉被綠葉取代，看起來活力又飽滿。

學期已經過去一半，每個社團陸陸續續地準備換屆大會的時候。

謝林楠在開學初的部門會議中，也跟幹事們提出了競選新一任部長的事情。

蘇在在沒有競選部長或繼續留任的興趣，她的注意力完全放在社團旅遊的事情上。

……怎麼跟張陸讓說。

集體活動這些，其實蘇在在不大想推掉。如果所有人都想著推脫，那集體活動的意義就不存在了。

蘇在在站在圖書館外面的小路上等他出來，在心底斟酌著該怎麼說。她煩躁地用鞋尖踢了踢面前的小石子，咕嚕咕嚕的向前滾動著，恰好撞到一個人的鞋子上。

蘇在在下意識的往前看，正想道歉，就看到了張陸讓的臉，嘴裡的一聲「對不起」一下子就咽了回去。

他的腳步半點沒停，走過來牽著她的手往餐廳的方向走。

走了幾步後，蘇在在突然開口喊他：「讓讓。」

「嗯。」

「你今天長得真好看！」

聞言，張陸讓轉頭看了她一眼，表情有些疑惑。

「……好吧，你每天都長得很好看。」她弱弱道。

張陸讓注意到她糾結的表情，輕聲問：「妳要說什麼。」

蘇在在撓了撓頭，乾脆破罐子破摔，直接道：「不是快連假了嗎？社團裡說假期去W市玩，去兩天一夜就回來。」

沉默片刻，蘇在在被這安靜惹得抓心撓肺。

很快，張陸讓點點頭，表情沒什麼變化：「那去吧。」

沒得到他強烈反對，蘇在在的心理反而有些不平衡了。

「你怎麼……」她的話還沒說完。

下一秒，他淡淡道：「我也有事要去W市。」

說完之後，張陸讓面不改色、泰然自若地摸了摸脖子。

這下蘇在在也沉默了。

很快，她舔了舔嘴角，得寸進尺道：「如果你要跟我一起去的話，酒店你要跟我住同一間。」

張陸讓的表情一僵，不敢置信地看著她。

蘇在在揚著腦袋，威脅道：「不然免談。」

第五十三章 主動

關於她的事情，不確定對不對的。
……我乾脆不做。

——張陸讓

這話一出，場面頓時像是消了音。

張陸讓收回了眼，黑眸望著前方，側臉的輪廓如刀刻那般刻板。握著蘇在在手的力道加重了些，完全沒對她的話發表言論。

蘇在在也沒急著繼續說話，她垂著頭，在心裡開始默數。

一、二、三……

還沒數到十秒，張陸讓就開了口。聲音輕輕的，像是不經意般地隨口一問，「妳社團那邊訂好酒店和高鐵票了？」

「還沒有。」蘇在在拿出手機看了看，「好像說是坐客運過去。還有幾個人沒確定，不過部長說了，今晚必須確定下來。」

張陸讓用舌頭抵著腮幫子，不知道在想什麼。

「如果你要去，車票就一起訂，有學生價。」蘇在在思考了下，繼續道：「酒店的話，我們社團裡有七個女生，本來說是三個人擠一個房間，現在我跟你一起就好了。」

他猶豫了下，認真道：「蘇在在，訂兩間房也沒多貴。」

蘇在在眨了眨眼，睫毛一顫一顫，無辜道：「我知道不貴啊。」

見她似乎有些動搖了，張陸讓的面色一鬆，彷彿如釋重負。

很快，蘇在在理直氣壯道：「但訂一間的話，又省錢又能睡到你，我為什麼要訂兩間。」

張陸讓：「……」

注意到他沒有反對的情緒，蘇在在邊敲打著手機邊說：「那我跟他們說了啊，然後我看看他們訂哪家酒店我再去訂房。」

沉默了許久後，張陸讓妥協：「房間我來訂。」

聞言，蘇在在的視線從手機螢幕挪到他身上，死皮賴臉的說：「你不會要訂兩間吧？我不住的啊！我不管！我怕一個人睡覺！你不能這樣對我！」

「……不會。」

連假前些天下了幾場雨，沖刷掉幾分暑氣。蘇在在出門的時候，天還陰沉著，地面濕漉漉。空氣格外清新，路道旁的樹木顯得青翠欲滴，偶爾還會被上面積蓄的雨滴砸到。因為等等還要坐車，兩人提前出了門，先到學生餐廳把早餐吃了。

一路上，陸陸續續被雨點砸到。

蘇在在忍不住拉開拉鍊，從脹鼓鼓的背包裡摸到雨傘，扯了出來。裡面塞滿了各種東西，一個不經意，帶動了另一樣東西出來。砸在地上，發出了「啪」的一聲。

張陸讓站在她旁邊，下意識就彎下腰去幫她撿。

一個小小的盒子，某種東西，在超市收銀檯附近的架子上格外常見的牌子。

注意到那是什麼後，他的表情一僵，頓時就不想撿了。

蘇在在把傘塞入他手裡，自己彎下腰撿了起來。她的表情有些鬼祟，欲蓋彌彰般地說：「掉了包面紙。」

張陸讓盯著她看了一下，沉默片刻。很快，他有些挫敗地將手攤在她面前，冷聲道：「拿過來。」

見瞞不過去，蘇在在乾脆破罐子破摔，覥著臉道：「你幹嘛跟我要自己不買。」

給了他大概下一秒就扔垃圾桶裡了……

張陸讓被她噎得一愣，皺了眉：「誰讓妳買的。」

蘇在在垂著眼，可憐兮兮地說：「夢想還是要有的嘛，萬一實現了呢。」

聽到這話，張陸讓想說什麼，將她這樣的想法澈底從腦海中洗去。還沒來得及說話，就聽到她再度開口。聲音低低的，有些小失落，「讓讓，你不主動點我沒安全感。」

他口中的話一下子被這句話刺激得憋了回去。

張陸讓側過頭，看了她一眼。

蘇在在的腦袋還低垂著，看起來有些可憐。從這個角度能看到她的嘴唇抿著，向下垂著。眼睫毛輕輕顫動，像是下一秒就要哭出來。

張陸讓舔了舔嘴角，放軟了聲音：「知道了。」

得到他的回應後，蘇在在的精神一下子就飽滿了起來，「哇！說好了啊！那我們走吧！」

張陸讓：「……」

社團裡有好幾個人都帶了自己的另一半，所以張陸讓的存在不算突兀。一行人先到校門外的公車站坐車到客運站，然後坐巴士前往W市。

路程大概要一個半小時，剛好夠睡一個回籠覺。

因為人多，空氣不流暢，混雜著各種味道，所以車上的味道不大好聞。

蘇在在每次坐客運前都會準備一次性口罩，雖然不能完完全全的將味道隔絕，但還是能減輕不少。她翻了翻書包，拿出兩個，遞了一個給張陸讓。

等他戴上之後，蘇在在拿起手機對著他拍了幾張照片，隨後又扯著他自拍，玩夠了才抱著他的手臂睡了過去。她的呼吸聲漸漸變得輕而勻，沉入了睡夢當中。

張陸讓側過頭看著蘇在在的睡顏，失了神。他想起剛剛蘇在在說的話。

——「讓讓，你不主動點我沒安全感。」

W市的氣溫比Z市要舒適些，溫度清涼宜人。因為節假日的原因，街道上人頭攢動，行人們肩擦著肩過路。很快，一行人決定分散活動，到吃飯時間再聚集。

張陸讓牽著蘇在在順著青石路往前走。

遠處的湖裡，烏篷船上，船夫輕搖船槳，蕩起一層層的水波。街道上的賣東西的攤主吆喝著，一聲比一聲嘹亮。

蘇在在一個攤位前停了下來。攤位上鋪著一層白布，上面放置著各式各樣的水晶手鏈。她的視線在上面轉了一圈，最後停在其中兩條上。

手工編織的繩子上纏著一顆暗紅色的珠子，分別刻著「禮」和「讓」。

蘇在在拿起刻著「讓」的那條，彎了彎唇：「買這個。」

張陸讓問了下價格，從口袋裡拿出錢。他本想把兩條都買下來，把另一條送給張陸禮。

突然注意到蘇在在把手鏈戴到手上，張陸讓頓了下，打消了把手鏈送人的念頭。

蘇在在嬉皮笑臉，將她細細的手腕放到他面前。一片瑩白潤玉上，點綴著一顆暗紅色的珠子。顏色對比鮮明，將她的膚色襯得更加誘人。

其上的「讓」字更是讓他心上一動。

小橋上，人來人往，她的笑顏將背後那如畫的風景襯得黯然失色。

「你花錢把你自己送給我了。」

張陸讓也忍不住彎了彎唇，伸手摸著她的眼角，「嗯，送給妳了。」

午飯時間，一行人重新在一家小餐館集合。畢竟是集體活動，吃完飯後，他們沒再分開行動，一起到湖邊租了兩艘烏篷船。聊著天，拍著照，度過這一個小時。

聽著他們說話，蘇在在也沒怎麼開口。她垂著頭，把玩著張陸讓的手指，偶爾看看他手心上的紋路，忽然有些期待今晚的到來。

旁邊的張陸讓也不知道她在想什麼，看著她的小動作，眼神柔和。

下了船，一行人坐車到商店街，購買當地的特產。一日的遊玩和閒逛後，有幾個女生略顯疲憊，提出要回酒店休息一下。幾番商量之後，一半人選擇回酒店，其餘的人各自組隊行動。

蘇在在的精力還充沛的很，比起白天的景色，她更想看W市的夜景。

路道上的燈光打在水面上，與之融為一體。水波漾起，光影交織。斑駁的光隨著夜色的暗沉一一亮起，夜市漸漸熱鬧起來。

蘇在在的眼底倒映著光，細細碎碎發亮。她的注意力全被景色迷住，正準備拿出手機拍照的時候，忽然感覺自己手心一空。

蘇在在下意識的往旁邊看。

看到張陸讓鬆開她的手，手心微張，向上滑動，握住她的手腕。他用力地將蘇在在往自己懷裡一帶，低頭，輕啄了下她的唇，聲音低醇入耳，慵懶帶笑：「我主動點。」

蘇在在愣了一下，很快反應過來。她舔了舔唇，沒有被眼前的小利益所誘惑到，表情嚴肅，語氣認真：「我說的不是這方面，你別敷衍我。」

今天在車上反思了一路的張陸讓也傻了。

「……那是什麼？」

「你應該懂呀，我也不能總說的那麼明顯，這樣的話我成什麼了……」

見張陸讓似乎又在認真思考，蘇在在憋不住，完全忘了剛剛自己說的話，含蓄地補充道：「今晚等你呀。」

張陸讓：「……」

第五十四章　那夜

她不為自己考慮，我幫她考慮。
我考慮好了，遲早是我的。
怎樣都是我的。

——張陸讓

隨著夜幕被一寸寸拉下，街道上的行人越來越多。

兩人沿著湖邊的青石路向前走。

蘇在在瞟了許久沒吭聲的張陸讓一眼，建議道：「我們回去了？」

聞言，張陸讓往周圍掃了一圈，問：「餓不餓？」

蘇在在摸了摸肚子，搖頭：「不餓。」

「那回去吧。」想了想，張陸讓繼續道，「餓了我再出來買。」

她點頭，笑嘻嘻的：「好呀。」

張陸讓牽著她走到馬路旁，攔了輛計程車，說了酒店的名字。

上車了以後，張陸讓也不怎麼說話。視線一直望向窗外，表情淡淡的。

蘇在在湊過去用食指戳了戳他的臉，見他轉過頭看她，她又討好似的親了一口剛剛戳的地方。

張陸讓的眼睛黑亮，璀璨的光裡像是有什麼在湧動著，夾雜著不知名的情緒。他伸手捏了捏她的手指，慢慢的開口。聲音低沉沙啞，滿是鄭重的意味：「蘇在在。」

蘇在在下意識的應了聲，看著兩人交疊在一起的手。

半晌後，她抬起眼，看他。

「我有什麼做的不好的地方，妳要跟我說。」張陸讓的視線沒有半點躲避，盯著她的眼，「我都會改。」

他會一點點變好，成為最適合她的樣子。

夜晚，車裡迴盪著繾綣的情歌。前面的司機正等著紅燈，食指在方向盤上一下又一下的敲著。很快，紅燈亮起，車子發動。周圍的景色飛快向後移動，令人眼花繚亂。

蘇在在的注意力全放在他的話以及他寬厚的手掌上。良久後，她回握住他的手，彎眼笑，「我也想不到呀。」

張陸讓有什麼不好。

蘇在在說，她想不到啊。

到酒店之後，兩人走到前檯辦理入住手續。張陸讓對工作人員說出自己的名字，把自己和蘇在在的身分證遞給他。

交完押金，張陸讓拿著房卡，牽著蘇在在往電梯走。

等電梯的時候，蘇在在望著電梯螢幕上不斷變化的數字，突然幽幽地問：「你訂雙床房？」

張陸讓剛想點頭，突然想起「主動點」三個字。他猶豫了下，摸著脖子道：「只剩這個了。」

沒想過他會說謊，蘇在在忍不住盯了他幾秒，直到他的表情開始變得不自然了才慢悠悠地收回了眼，低下頭偷笑。

兩人走到房間前。

張陸讓單手刷門卡，將門推開，把卡插在節電開關上。他把東西放在一旁的桌子上，往浴室裡走。

將熱水的溫度調好之後，張陸讓走了出來。

蘇在在坐在其中一張床上，把換洗衣物拿出來。

張陸讓站在她旁邊，半晌後才道：「洗澡。」

聞言，蘇在在抬眼看他，很快收回了視線，「你先洗。」

張陸讓也沒反對，抬腳走到自己的行李前，翻出換洗衣服和洗漱用品，而後便進了浴室。

狹小的房間裡，只剩下蘇在在一個人。

浴室的門是磨砂的，隱隱能看到裡頭的人身體的輪廓。蘇在在忍不住過去看了一眼，很快就坐了回去。她聽著浴室裡傳來的淋浴聲，咽了咽口水。

蘇在在看了看自己坐著的這張床，上面還放著自己的背包。她認真的思考了一下，確認自己的想法後，她翻出自己帶的那盒東西，掏出一個，走到另外一張床，塞到枕頭下面。

確認好那個位置隱蔽又拿的順手，蘇在在心滿意足地爬回原來那張床上玩手機。

十分鐘後，張陸讓從浴室出來。他用毛巾擦著頭髮，眼睫毛上還沾著水滴，皮膚在燈光的照射下顯得格外白皙。身上穿著短袖短褲，大概是因為沒擦乾身上的水就套上了衣服，還能隱隱看到裡頭肌肉的曲線。

蘇在在看晃了眼，耳根一下子就燒了起來。剛剛的張牙舞爪消失得無影無蹤，成了泡影。她有些侷促地拿起衣服，往浴室走：「那我也去洗澡了。」

張陸讓也不知道該說什麼，垂著眼繼續擦頭髮。

半小時後，蘇在在洗完澡，吹乾頭髮。她深吸口氣，擰開門把。

蘇在在磨磨蹭蹭地走下浴室前的臺階，轉過頭，一眼看到張陸讓的雙腿交疊放在床上，靠在床頭玩手機。

……在她放背包的那張床。

蘇在在眨了眨眼，再三確認自己沒看錯後，她恍恍惚惚地走到門旁邊把燈關上。

怕蘇在在摸黑走路會摔倒，張陸讓傾身開了旁邊的檯燈。

大概是舊了，檯燈的光線有些昏暗，視野裡變得影影綽綽。他的半張臉在暗處，顯得隱晦不明。

蘇在在光腳站在原地，原本想要睡了他的底氣瞬間沒了一大半。

她正猶豫著下一步該怎麼做。

下一秒，張陸讓開了口，聲音懶洋洋的：「過來。」

聽到這話，蘇在在舔了舔唇，爬上那張床。隨後，她伸手將床頭放著的背包丟到另一張床上。

見她乖乖躺好，張陸讓把檯燈關上，輕聲道：「睡吧。」

他的視線重新放在手機上，不知道在看什麼。白亮的光在他臉上若隱若現，側臉被刻畫得越發立體分明。

蘇在在心底的不甘心猛地又冒了起來。她翻了個身，抱住他的腰，隔著衣服咬了咬他腹肌上的硬肉。

張陸讓悶哼了聲，身體一僵，聲音啞了下來，強調：「睡覺。」

蘇在在裝作沒聽到，掀起他的衣服，又咬了一口，舌尖在其上打著轉。

撩撥完後，蘇在在打了個哈欠，回應他剛剛的話：「這就睡。」

她正想起身將床尾的被子蓋在身上，旁邊的人忽然有了動靜。

張陸讓直接將手機扔在床頭的櫃子上，發出重重的「嘭」一聲。

蘇在在還沒反應過來的時候，他的整個身體就覆蓋在她的身上，雙臂撐在她耳側。

漆黑的房間裡，蘇在在看不清他的表情，只能聽到他愈發急促的呼吸聲。滾燙的，帶著滿滿的隱忍。

半晌後，張陸讓伏低了身子，啞聲問：「妳怕不怕。」

蘇在在伸手勾住他的脖子，舔了舔他的耳垂，張揚道：「怕你不來。」

這句話瞬間衝垮了他的理智，張陸讓低頭擒住她的唇，掃過她口中每一個角落，攪著她的舌頭拉扯著，大力的吸吮。

手漸漸向下移，撫摸過她身上的每一處。像是灑下了火種，一寸寸點燃。他的唇慢慢的滑動，沿著蘇在在的耳廓啃咬著，一遍又一遍。細細碎碎的吻不斷落下，動作青澀又帶著濃濃的疼惜。

張陸讓將她的上衣向上推，扯了下來。

蘇在在猛地起身，翻了個身，壓住他。她的上半身赤裸著，薄紗似的月光從薄薄的窗簾透了進來，銀白色的光灑在她的身上，如凝脂般的皮膚映入張陸讓的眼中。

張陸讓的氣息越發粗野，眼底的清明自持蕩然無存。

蘇在在跨坐在他身上，能清晰能感受到身下的滾燙。她單手將耳邊的髮撩到耳後，低頭吻住他的喉結。

一路向下……

張陸讓的雙手握了拳，忍無可忍般，扶著她的腰重新將她壓在身下。他再度吻了吻她的唇，含糊不清地吐出了兩個字：「別鬧。」

聞言，蘇在在迷亂的眼稍稍睜大了些，喘著氣道：「不、不是，我看過……教材什麼的……我能教你……」

張陸讓的動作停了下來，他半跪在蘇在在身上，把自己身上的衣物一件不落的脫了下來。

被氣氛暈染得腦袋暈乎乎的蘇在在想學他的動作。

還沒等她開始脫掉褲子，張陸讓猛地扯住她的腳踝，用力一扯，咬住她的小腿肉，細細舔舐，留下痕跡，一寸寸向上。

張陸讓將她的褲子連同內褲扒了下來，悶哼了聲，聲音沙啞誘人，帶著濃濃的欲念，「妳別什麼都跟我搶。」

她還沒來得及說話，就被他狂風驟雨般的吻堵住所有言語。

張陸讓的手指慢慢的探入，動作生澀輕柔，感受著她的柔軟和濕潤。

蘇在在咬著唇，承受著他的進攻，放在他背上的指尖使了力，帶了歡愉的意味。

他的唇舌遊蕩過她身上每一個角落。

發燙的指尖像是帶了火，灼燒著她的感官。

半晌後，張陸讓強行停下了動作，半天都沒動靜。

蘇在在難耐地用腿勾住他的腰，撒嬌般的喊了聲：「讓讓。」

他依然沒動作，身上的肌肉緊繃，硬的像是石頭。

蘇在在分出幾分思緒，迷迷糊糊的思考了下，然後指了指旁邊的床：「那邊枕頭下面我放了一個。」

張陸讓：「……」

他單手撐在床頭櫃上，傾身從枕頭下將之翻了出來。

這麼一折騰，張陸讓的理智回來了不少。他的臉頰上浮著兩層紅暈，髮尖的汗不斷地向下砸，躁意絲毫未減。

張陸讓平復著呼吸，認真問道：「妳想好了？」

他這副拖拖拉拉的樣子讓蘇在在急得想發火：「你快點！」

張陸讓的眼睛漆黑如墨，裡面翻湧著情潮，洶湧而出。他扯住她一隻腿，架在肩膀上，垂下頭，虔誠地吻了吻她的額頭，啞聲道：「我的。」

下一秒，張陸讓的腰下猛地一沉，重重的擠了進去。

蘇在在下意識的叫了聲，眼淚一湧而出。

張陸讓咬著牙，將她的淚水一一吻去，帶著安撫。他喘著粗氣，緩緩的進出，給她適應的時間。

她隱忍的嗚咽聲像是催情劑，吞沒他所有理智。

狹小的室內，男人在女人的身上馳騁著，伴隨著快速的撞擊聲。

一室旖旎曖昧。

良久，重歸平靜之後。

蘇在在一臉疲倦，趴在張陸讓的胸膛上睡覺。她感覺到他的胸腔震動了下，伴隨著繾綣的字眼。

可蘇在在早已失了意識，根本聽不懂他在說什麼。

「在在，我畢業就娶妳……我只想娶妳。」

「所以妳也只想嫁給我，好不好。」

第五十五章 我們的以後

我得讓她知道。
我有多期待我們的以後。

——張陸讓

翌日清晨，因為生理時鐘的關係，張陸讓很早就醒了。

蘇在在的社團說好今早一起到當地著名的一家酒樓喝早茶。但因為時間不算早，蘇在在也沒有設鬧鐘。

張陸讓陪蘇在在在床上躺了一下，後來還是忍不住。他坐了起來，幫蘇在在把被子掖好，輕手輕腳地到浴室裡洗澡。

等到他出來的時候，蘇在在正好醒來。身上裹著純白色的被子，棕栗色的髮散在背後，軟絨絨的。她揉著惺忪的眼，迷迷糊糊地問：「讓讓，現在幾點。」

張陸讓挪開視線，用毛巾擦著頭髮，輕聲道：「我沒看。」

隨後，他走到桌子後，背對著她。

蘇在在床上翻了翻，聲音軟軟的：「那你看到我的手機了嗎？我看看社團的人怎麼說。」

張陸讓伸手拉開背包的拉鍊，裝作漫不經心地在翻東西的樣子，「沒看到。」

聞言，蘇在在發了下呆，恰好看到張陸讓放在床頭櫃的手機。她思考了下，道：「那我用你手機打電話給我。」

張陸讓下意識地應了聲。

下一秒，他像是想起什麼，忽然轉過頭。正好看到蘇在在傾身去摸他的手機，大片雪白裸露在外，格外刺眼。

張陸讓的喉結滾了滾，往後退了兩步，大腿撞到桌子，發出輕微的聲響。

蘇在在沒注意到他的動靜，打著哈欠拿起他的手機。她熟門舊路地用指紋解了鎖，正想返回到桌面，忽然注意到眼前的頁面。

——《XX性學報告》。

蘇在在愣了一下，抬頭看向張陸讓。

他的耳根發燙，視線不敢與她的對上。

良久後，蘇在在反應過來，興奮道：「讓讓，你為了我看了教材啊？不過你怎麼看文字版呀，你跟我要啊，我那好多影片呢！」

張陸讓：「……」

「要不然我們今早不去喝早茶了吧，多來幾次呀，要懂得學以致用。」

張陸讓原本心中那點羞赧瞬間因她的話而蕩然無存。他走過去拿起蘇在在的背包，在裡面翻了套新的衣服，放在她面前，冷聲道：「十二點退房，快點去洗澡。」

蘇在在看了看時間，無辜道：「才九點呢，夠我們來十幾次了。」

聽到這話，張陸讓頓了下，垂頭看著她，眼底黝黑無情緒。

注意到他的表情不對，蘇在在立刻改了口，「一、一次！我剛剛口誤……」

張陸讓沒再理她，坐在旁邊的床上，躺了下來，假寐。等了一下，沒等到旁邊的人有動靜。他的眉心一動，正想看看她怎麼了。

還沒睜眼，就聽到蘇在在小心翼翼又充滿渴望的聲音，「那半次……」

張陸讓：「……」

早茶喝到一半，蘇在在跟社團的一個女生一起去了廁所。路上，女生一副好奇又八卦的模樣，忍不住問：「在在，妳昨天生理期來了？」

蘇在在有些莫名其妙：「沒有啊。」

「那妳男朋友怎麼那表情。」

蘇在在一瞬間就懂了她話裡的意思，沉默片刻。而後，她想到張陸讓那張冷了一個早上的撲克臉，到現在周身的氣息都還陰沉著。她思考了下，也不記得早上自己說的話了，但被他拒絕的事情卻一直耿耿於懷。

「妳反過來想就好了。」

「啊？」

剛好走回餐桌前，蘇在在沒再說話，坐回自己的位子上。

餘光見她回來了，張陸讓側頭看了她一眼，伸手替她夾了個蝦餃。

蘇在在垂著眼，拿起筷子慢慢地啃。

……大概是因為她沒有來生理期。

然後，張陸讓現在心裡的感受，大概全是失了貞的痛苦。

想到這個，蘇在在轉過頭，撫摸著張陸讓的手，一臉鄭重：「我會對你負責的。」

張陸讓：「……」

回程的路上，因為今天起的不算早的緣故，蘇在在車上也沒半點睏意。她百無聊賴的看了下影片，沒多久便覺得有些暈車。

蘇在在放在手機，轉頭盯著張陸讓看。他戴著淡藍色的口罩，高挺的鼻梁露了半截在外。額前落下幾根細碎的髮，捲翹的睫毛泛著淺淺的光暈，側臉的曲線分明，格外好看。

蘇在在湊了過去，看著他手機螢幕上的內容。

張陸讓也沒躲閃，細長的手指繼續在螢幕上敲打著。表情認真，像是在對待一項重要的工作。

螢幕上，密密麻麻的，全是蘇在在的照片。

每張他都要備註好拍攝的時間和地點。從她高二到現在，三年，一直都是如此。

蘇在在托著腮幫子，好奇道：「多少張了呀。」

「三百一十二。」他淡淡道。

看到其中一張，蘇在在有些鬱悶，「這張不好看，你怎麼把我拍成這樣啊。」

聞言，張陸讓頓了頓，盯著那張照片。幾秒後，他的手指滑動了下，翻到另外一張，「這張好看。」

蘇在在看了一眼，照片裡的她垂著眼，牙齒咬著筆蓋，眉心皺起，懊惱地想著事情。

暖黃色的光將她的皮膚襯得越發白皙光滑，耳側的幾縷髮散在臉頰旁，帶了幾分小女生的嬌俏。

蘇在在的眼尾揚起，對他的讚美很受用。隨後，她從自己的手機裡翻出一張自拍，遞給他看：

「雖然那張的我也很漂亮，但是還沒把我的美體現的淋漓盡致。」

「……」

「你看這張，大概拍出了我十分之一的美貌吧。」她厚顏無恥道。

這張自拍，算是蘇在在百分百滿意的一張了。

聽到她的話，張陸讓轉頭看著她的手機螢幕。看到上面的人，他愣了下，半瞇了眼，細細的觀察，很快就得出了結論：「這不是妳。」

蘇在在：「……」

見她這副模樣，張陸讓彎了彎嘴角。他垂下眼，伸手揉了揉她的髮頂，認真道：「都好看。」

過了一下，蘇在在靠在張陸讓的手臂上，閉目養神。

旁邊的張陸讓放下手機，輕聲問：「妳以後想住在哪？」

「什麼。」蘇在在沒聽清，眼皮動了動。

張陸讓側頭看著她微微顫動的睫毛，聲音全是討好：「如果妳不想離妳爸媽太遠，那我們以後也住在菁華好不好。」

聞言，蘇在在慢慢的抬起了頭，看他。她不懂他在說什麼，呆呆道：「你在說什麼？」

「我們的以後。」

他在說，以後啊。

隔著兩層口罩布，張陸讓用鼻尖蹭了蹭她的臉頰。眼底柔和，眼睛漆黑剔透，像顆玻璃珠。

「我都聽妳的。」

第五十六章 我心上有人

我一點都不難過了。
大概是因為她在幫我難過。

——張陸讓

隔年春節，大二的那個寒假。

除夕夜的前一晚。

蘇在在像往常一樣，洗完澡後，縮在被窩裡打電話給張陸讓。她趴在床上，戴著耳機，從床頭櫃上拿過自己的日記本，用牙齒把筆蓋拔出，慢慢的在上邊寫著字。

很快，張陸讓的聲音順著電流，從耳機傳入耳中。聲音低醇微啞，偶爾還帶了幾聲咳嗽聲：

『妳在幹什麼？』

蘇在在彎著眼寫著字，笑道：「寫情書給你呀。」

聽到這話，張陸讓的聲音頓了下，問：『什麼情書？』

蘇在在垂下眼瞼，細軟的髮凌亂的散著，有幾根落在本子上，被她一一拂開。她挑了挑眉，認真道：「等你出現在我家的戶口名簿我再給你看。」

張陸讓：『……』

將最後一個字寫完後，蘇在在將日記本合上，放回原處。她伸手將檯燈關上，眼前瞬間陷入的黑暗讓她感覺有些睏倦。

想起明天，蘇在在懶洋洋地問道：「讓讓，你明天跟你舅舅過嗎？」

上大學之後，張陸讓回B市的次數少得可憐。

蘇在在只見他在去年暑假的時候回去了一趟，而且早上去，晚上就回來了。大概是在張陸禮出國前去見他一面。

聞言，張陸讓沉默下來，沒答話。

蘇在在閉著眼，耐心地重複問了次，聲音低低緩緩，像是快睡著了那般：「明天除夕呀，你是不是跟你舅舅過？」

張陸讓的眼睛還放在電腦上，漫不經心答道：『不是，他回B市，跟我外公、外婆過。』

聽到這話，蘇在在的雙眼猛地睜開，小心翼翼地問：「那你怎麼不跟你舅舅一起去你外公那。」

跟她聊天，張陸讓不太想分心。他起身，走到床邊坐了下來，思考了下，認真道：『我回去了沒人照顧酥酥。』

蘇在在沒再問，順著他的話題道：「你這樣讓我突然覺得好對不起我家小短腿。」

張陸讓悶笑了聲。

提起牠，蘇在在傾身看了床邊的窩墊一眼。

藉著窗外灑進來的月光，隱隱能看到小短腿閉著眼，偶爾會因為她的聲音稍稍睜開眼，但很快又陷入睡夢中。

蘇在在收回了眼，忽然不知道該說什麼。

耳機裡迴盪著他淺淺的呼吸聲，和緩，遲鈍。

蘇在在的嘴唇動了動，她覺得在這種氣氛下，她應該要說點什麼，不論是什麼都好。

很快，張陸讓搶先她一步開了口。他的聲音清清冷冷的，因為對象是她，話裡帶了幾分柔意：『快睡吧，明天不是還要早起走親戚嗎？』

蘇在在的話咽了回去，最後問了一句，「那你明天一個人待在家裡嗎？」

張陸讓重新回到桌子旁坐下，輕輕的應了聲，『嗯。』

隔天晚上，蘇在在吃完年夜飯，照舊走到院子裡閒逛。以前父親和自己在這裡一起種下的小樹苗已經變得粗壯了不少。

蘇在在走過去摸了一下，涼意從指尖往裡滲透。她回頭望了一眼，隨後，走到鞦韆椅旁坐了下去。雙腳向下一踩，後推使力，晃動了起來。

鞦韆椅有些老舊，院子裡傳來一聲又一聲吱呀的聲響。

蘇在在想起三年前，她在這裡傳訊息給張陸讓。那時候，她剛覺得張陸讓對她有好感，還在患得患失的情緒中苦苦掙扎。

可他說什麼了……

蘇在在吸了吸鼻子，點開訊息收藏。向下滑動，滑到其中一則，日期顯示 2013-02-09 的那則。

裡面是一則語音。

蘇在在沉默著，點開來聽。

──『一起考Z大。』

那時候，蘇在在因那短暫的離別十分憂愁。她沉醉在狂熱的愛戀當中，也因此，想去他所在的城市。

不求回報的，想去他所在的地方。

可張陸讓卻說，一起。

他說，一起。

屋子裡響起一片歡笑聲，熱熱鬧鬧的，在這冬日中，顯得暖意融融。

蘇在在的眼眶染上了淺淺的紅色，在那淨白的臉上格外明顯。她站了起來，慢慢地推開了院子的小鐵欄，往外走。

大概是因為都在家裡過節的關係，外頭的街道上基本沒有人煙，十分冷清。

蘇在在順著這條路一直往前走，最終還是忍不住跑了起來。

出了社區，一路下來，偶爾能看到成群結伴的幾個人。周圍沒幾家店鋪還開著，夜變得越發寂靜。

蘇在在走到車站，這裡沒有直達家裡的車。而且距離也不算近，大概一個小時的車程。

等待的時間裡，蘇在在傳訊息給蘇母。

半小時後，她終於攔到一輛計程車，坐了上去。計程車裡有暖氣，讓她被寒風吹的有些僵硬的手終於回了暖。

蘇在在戳開跟張陸讓的聊天室，思考了下，莫名其妙的扯到一個話題上。

蘇在在：『讓讓，以前別人跟你要帳號，你都是說你沒有嗎？』

張陸讓：『什麼以前？』

蘇在在：『就是高二之前。』

這次張陸讓回覆得有些慢，似乎是在思考。

半晌後，他回道：『沒人跟我要，都是直接加。』

看到這話，蘇在在愣了下，想起自己那無疾而終的好友驗證。

她心裡突然有些不平衡了。

──『那你加了？』

張陸讓：『沒有，我不看的。』

話題被蘇在在越扯越遠：『你為什麼不看？』

張陸讓：『……』

蘇在在：『我高一加過你一次。』

蘇在在：『如果你看到了，你會同意嗎？』

蘇在在知道她這話是自取其辱了……

張陸讓肯定會誠實說的，絕對不會為了討她歡心就撒謊。

如此正直的男朋友。

這次那頭回覆更慢了，螢幕上一直顯示著正在輸入中，蘇在在卻遲遲沒有收到他的回覆。她也不著急，側頭看向窗外，路燈閃過一道又一道的光線。

下一秒，手中的手機震動了下。她垂下眼，低頭看。

——『我不知道。』

遇上蘇在在，張陸讓有很多連自己都想不通的事情。

比如撒謊說自己沒帳號而不是直接拒絕，比如對她怎麼都狠不下心的心情，比如……在她問自己名字的時候，口中那脫口而出的一聲「蠢貨」。

蘇在在把手機放到腿上，再度望向窗外，神情有些呆滯。很快，她彎了彎嘴角，笑出了聲。

大概在所有人眼裡，都是蘇在在很努力的追著張陸讓，向他那邊追逐。

但蘇在在自己心底清楚的很，張陸讓也一直在往她的方向靠攏。他默認她的所有行為，縱容她對他做的所有事情。

從很久以前就開始了。

蘇在在付了款後，下了車。保全認得她，跟她打了聲招呼後，幫她開了門。

蘇在在笑嘻嘻的跟他說了聲「新年快樂」。

冷風在吹，像刀片一樣在臉頰上。蘇在在脖子一縮，將圍巾裹緊了些，向前走。走到盡頭，向左轉，到第一棟房子的面前，看著外面的窗戶。裡面一片漆黑，除了二樓的一個房間。

蘇在在重重的跺了下腳，聲控燈應聲響起。隨後，她單手拿著手機，另一隻手按了下門鈴，半分鐘後，裡頭傳來動靜。

大概是從可視門鈴裡看到了蘇在在，張陸讓立刻就開了門。他的表情還有些愣，似乎還沒反應過來。

因為室內有暖氣的緣故，他只穿了短袖短褲，脖子上搭著一條半濕的白色毛巾。

冷風順著大開的門吹了進去，但他像是感覺不到冷，完全沒有任何動靜。

很快，張陸讓向後退了一步，替蘇在在騰了個位置進去。

蘇在在身上沒多少東西，除了幾個收到的紅包，只剩下手中的手機，其餘的東西都放在爺爺家。

她把脖子上的圍巾取下來，小聲問：「你晚上吃什麼呀。」

張陸讓接過她的圍巾，放在沙發上，扯過她的手，用自己的掌心捂了捂。他的雙眼低垂著，盯著她凍得發紅的手。

張陸讓沒有回答她的問題，騰開一隻手幫她倒了杯溫水。

看她小口小口的喝著，他輕聲問：「今天怎麼這麼早。」

「我先回來了。」蘇在在誠實道。

「怎麼不跟我說？」張陸讓皺了眉，「我過去接妳。」

蘇在在毫不在意，驕傲道：「這是新年禮物呀，你有沒有很感動……」

張陸讓打斷她的話，輕輕的喊她：「蘇在在。」

「啊？」

他的腦袋靠在她的肩膀處，重複了一聲，帶了撒嬌的意味，「蘇在在。」

見張陸這副模樣，蘇在在眼中的酸意再度浮起。她扯起嘴角，笑嘻嘻道：「看得出來你很感動。」

「妳怎麼那麼好。」他用氣音喃喃道。

沉默片刻後，蘇在在舔了舔嘴角，小心翼翼的提出自己的猜測：「你爸媽是不是偏心喜歡你弟弟。」

沒想過她會提起這個，張陸讓頓了一下，很快就答：「以前是吧。」

「那他們對你不好嗎……」

聞言，張陸讓抬起了頭，輕聲道：「也不是。」

大概是因為今晚的氣氛，他的聲音還帶著幾絲孩子氣，「蘇在在，我弟弟很厲害。」

她安安靜靜的聽著，什麼都沒說。

「他小學和國中跳級的時候，我真的覺得他很厲害，我也沒有覺得自己不如他。每次跟朋友提起他，我都覺得很驕傲。」

「就算我朋友說我怎麼樣樣不如他，我從來不覺得難過。」

「……可我爸媽，讓我很難過。」

張陸讓心底最深處的傷疤，是他最親的人給的。

因為他們，張陸讓開始介意其他人的看法。

周圍那些聲音，那些原本對他來說只覺得無關緊要的聲音，瞬間像是放大了，不斷地抨擊著他，讓他無處遁逃。

——「喂，張陸讓！你不回家？」

家嗎。

張陸讓不想回，一點都不想。

從很久以前開始，想到要回家……他就害怕。

蘇在在張了張嘴，話沒出來，聲音已是一哽。

張陸讓愣了下，抹去她眼角的淚，胡亂安慰道：「但那都是以前的事情，我不回去只是要準備下學期的網際網路創新大賽。」

蘇在在垂著眼，慢慢的說：「我不會安慰人。」

「我不難過。」他低笑。

「我只能講笑話。」

張陸讓揉了揉她的髮心，說：「那你講。」

蘇在在歪著頭，冥思苦想，他彎著嘴角，靜靜的看著她。

「我心上有個人，我叫他讓讓。」

蘇在在抬起了眼，與他的對上，眼睛彎彎的。

聽到這話，張陸讓的眉眼一抬，也笑。

「可他不讓。」蘇在在補充道。

一直都不肯讓。

第五十七章　父母

想給她好的生活。

——張陸讓

大年初三的晚上，林茂便從B市回來了。他進家門的動靜不算小，發出劈里啪啦的聲音，讓原本在睡夢中的酥酥瞬間跳了起來，跑到門邊，嗚咽著抓著門。

張陸讓正坐在書桌前看電腦，很快起了身，走過去將門打開。

門一開，酥酥的後腿向後蹬，加速往樓下跑。地面打滑，看起來像是快要摔倒。張陸讓輕笑了下，慢條斯理地跟在牠後面。

走到樓下，張陸讓一眼就看到玄關處堆放著兩箱B市的特產，旁邊地上倒著一個二十四吋的黑色行李箱，像是被人隨手一扔。

林茂懶洋洋地靠在沙發上玩手機。

跑在前面的酥酥把前肢搭在他的腿上，撒嬌似的敲了幾下。

張陸讓的額角一抽，自覺地走過去將行李箱扶了起來，抬到林茂的房間裡，然後再次下了樓。

林茂的眼皮稍稍抬了抬，輕聲道：「把箱子裡的東西拆出來放冰箱。」

張陸讓看了他一眼：「……」

「我有點累。」他拍了拍沙發，示意酥酥跳起來，抱著牠睡覺閉目養神，「坐了三個小時的飛機，很辛苦。」

張陸讓沒說什麼，點了點頭。隨後，他走到玄關處，把兩個箱子一口氣抬了起來，往廚房走。等他整理好，再出來的時候，林茂已經坐起來看電視了。

張陸讓：「……」

林茂伸手抓起茶几上的花生，剝了幾個塞入口中。

張陸讓坐在他旁邊，伸手倒了兩杯水，一杯放在林茂面前。

林茂換著頻道，忽然想起件事情，輕聲道：「你外公外婆給你的紅包我放行李箱裡了，還有你爸媽那邊的。」

張陸讓沒說話，拿起透明的玻璃杯，慢慢地喝了口水。

「你弟弟今年也沒回去過年。」林茂打了個哈欠，把電視關上，「唉不行，我得去睡一覺，昨天通宵跟朋友打麻將了……」

「……」

很快，客廳裡就只剩下張陸讓一個人。他在沙發上發了下呆，沒過多久就走回房間。

張陸讓看著手機，嘆息了聲，正想打個電話給家裡的時候，鈴聲恰好響起。他沒怎麼猶豫，直接接了起來。

那頭沒有立刻說話，聲音也不像以往那般帶了命令的語調：『阿讓。』

張陸讓垂眼，看著桌子上的書，撫平了邊緣的皺折。

沒得到他的回應，張母也不在意，自顧自地說：『你弟弟說他在那邊還有課程，時間太匆忙就不回來了。』

「嗯。」

電話裡沉默了一瞬，很快，張母的聲音忽然有些哽咽，『為什麼你跟阿禮從來都不會主動打電話給媽媽，你舅舅就過來這邊三天，媽媽都聽他接過你好幾通電話。』

張陸讓拿筆的動作一頓，指尖慢慢的收了回去。他早就沒了脾氣，也忘了自己該有什麼情緒。而且，也不知道該說什麼。

張陸讓思考了下，想了想，有些生硬的開了口，「我這邊沒發生什麼不好的事情，妳不用擔心，新年快樂。」

他等了一下，沒等到張母說話。

正想跟她打個招呼就掛電話的時候，耳邊傳來了張父的聲音。

張父的聲音沉沉的，聽起來跟以前差不多：『聽你舅舅說你大一拿了獎學金？』

張陸讓下意識的應了聲：「嗯。」

那邊又沒了聲響。

張陸讓的精力漸漸分在電腦螢幕顯示的一連串程式碼上。他放下筆，將通話按了擴音，手指在鍵盤上敲打起來。

良久後，靜謐的房間裡響起中年男人的一句話，『挺好的。』

張陸讓停下動作，表情沒有什麼波動。他擰著眉，似乎在思考怎麼回答，最後只是道：「嗯，你們早點休息。」

說完他便掛了電話。

隨後，張陸讓看了眼時間，習慣性地打了個電話給蘇在在。

蘇在在接的很快，清脆脆的聲音在耳邊響起：『讓讓。』

「到家了？」

『剛到，明天就不用再去親戚家了，我們出去玩呀。』

張陸讓想了想，問：「妳想去哪？」

聞言，蘇在在立刻道：『去看電影啊，而且商店街那邊的店都開著，我們還能去吃點好吃的。』

「好。」

『我這三天收的紅包快破萬了！』蘇在在激動地床上打了個滾，『我才十九歲啊，你敢相信嗎？我十九歲的時候，日收入破三千了。』

張陸讓：「……」

蘇在在那邊偷著樂：『讓讓，你傍大款了。』

聽著她的語氣，張陸讓的嘴角扯了扯，說：「差多少破萬。」

蘇在在重新翻出紅包，慢慢的數著：『現在好像，九千五百左右。』

但算完之後，蘇在在也不太確定，她猶豫了一下，決定再數一次。

還沒等她開始數，蘇在在的手機突然響了一聲。

蘇在在拿過來看了一眼，耳機也因這動靜掉了一邊，落到身旁。那頭傳來一聲悶笑，似乎心情很好。

「我幫妳一把。」

蘇在在點開手機看了一眼，見他轉了五百二十塊錢過來。她正想說什麼，張陸讓認認真真地補充了一句。

「這樣算的話，妳還欠我二十塊。」

蘇在在瞪大了眼，不敢置信道：『你居然跟我計較那麼多。』

見他這麼無情，蘇在在也開始翻舊帳：『你還記不記得我上次心情好的事情，給你的小費。』

「……什麼小費。」

『就有一天晚上你伺候的特別好啊，反正我後來不是給你紅包嗎，你現在還給我。』

張陸讓仔細的回憶了一下，想到之後，他有些無言以對。

蘇在在的話太引人遐想，他回答的時候還有些猶豫：「我陪妳去上晚課的那次？」

『對呀。』

張陸讓抿了抿唇，澈底想了起來。隨後，他一字一頓，冷聲道：「蘇在在，那是一分錢。」

『可我那時候只剩一分錢，我把我的全部都給你了。』蘇在在毫不心虛，厚顏無恥道，『而你現在剛拿了全額獎學金，卻連二十塊錢都要跟我計較。』

「……」她這話讓張陸讓開始懷疑剛剛自己是給了她五百塊還是借了她二十塊。

半晌後，蘇在在下了個結論：『讓讓，你大概是那種典型的，飛黃騰達之後就拋妻棄子的男人。』

雖然張陸讓已經習慣了她每天都這樣一副不正經的模樣，但聽到這句話的時候，他還是忍無可忍。

還沒等張陸讓皺眉反駁，蘇在在笑嘻嘻地補充了句，『不過你放心吧，我會努力一直當個有錢人的。』

張陸讓口中的話瞬間吞回了肚子中，嘴角彎了彎。

下一秒，他向後往椅背一靠，懶洋洋的喊了她一聲：「在在。」

『啊？』

張陸讓回憶著，將她以前說的話稍加改動。

「明天下午一點出門，妳早一分鐘出門，二十塊錢就不用還了，早兩分鐘出門，我給妳二十塊錢，以此類推。」

蘇在在沉默了一瞬。很快，電話裡傳來她輕飄飄的一句話：『讓讓，如果我殘忍點，現在就出門，你大概要宣布破產了。』

張陸讓：「……」

大二下學期開學後，兩人的生活變得忙碌了起來。

張陸讓除了上課就是在準備網際網路創新大賽的事情。要設計一款APP，主題和醫療通訊相關。

張陸讓跟同寢室的三個人組隊，還要準備答辯。除此之外，他參加了很多和系裡合作的workshop，因為這個甚至還翹過幾節課。每天忙得焦頭爛額。

另一邊，蘇在在的課開始變多了起來。因為大一參加社團的原因，她認識了不少人，也因此跟同系的幾個師兄師姐一起參加校內的廣告大賽。

時間過得飛快。

忙碌的學期一過去，大二也就結束了。

蘇在在的最後一科考試比張陸讓早兩天。考完之後，她也沒著急著回家，陪張陸讓在圖書館裡複習。

蘇在在打了個哈欠，戴上耳機，打開一個廣告影片看。

注意到她泛了睏意的表情，張陸讓思考了下，隨後從一旁的書堆裡拿出個本子，在上面寫了句話。

——網際網路創新大賽，我參加的那個隊伍，拿了特等獎。

蘇在在瞟了一眼，視線頓了下來。下一秒，她猛地抱住他的手臂，興奮地晃了晃，無聲的笑。

張陸讓的心情被她感染的有些愉悅。他任由她晃，用空著的那隻手再度寫了一句話。

——但我翹了課，拿不到獎學金了。

看到這句話，蘇在在有些驕傲，桃花眼向下彎。她鬆開了他的手，拿過他手中的筆，認認真真的寫了一句話上去。

——我拿到了，送給你。

第五十八章　來我家吧

……我也沒經驗。

——張陸讓

暑假有兩個月的時間，兩人上網看了實習招募的資訊。找到適合的之後，投了好幾份履歷過去，之後便是等待答覆的時間。

面試時間出來前，張陸讓傳訊息問蘇在在：『妳想去玩嗎？』

看到這話，蘇在在將腿上的電腦放到一旁，愉快地回：『想啊。』

回復完之後，她思考了下，正準備提議去電玩城玩，就看到張陸讓再度傳了一句話過來。

——『那去遊樂場？』

比較起來，蘇在在還是想去電玩城。但她想起了某些畫面，果斷收回了口中的話。

——『好啊。』

隔天，兩人一早就動身，上了開往遊樂場的公車。

因為遊樂園所在的位置接近在終點站，所以蘇在在挑了最後一排位置坐下。張陸讓默默地跟著她，坐到她旁邊的位置。

蘇在在把頭上的鴨舌帽摘了下來，順手也把他的扯掉。隨後，她翻了翻背包，拿出自己的防曬乳，擠了一大坨在手背上。

蘇在在側身，勾住他的脖子，往下壓了些，張陸讓乖乖配合。

這麼近看，她的瞳孔在眼前放大，顏色有些淺，清澈又明亮。目光流盼時，像是有星星在裡頭流動。她的指尖帶了點涼意，伴隨著輕柔的動作，格外舒服。

蘇在在仔細地替他抹著防曬霜，邊抹邊說：「大熱天過去那邊肯定很曬的，防曬得弄好，我買的都是不油膩的，塗著應該沒那麼難受。」

張陸讓低低的「嗯」了聲。

面部塗完後，蘇在在又擠了點到掌心中，塗抹著他的頸部。

她的動作很輕，之前塗面部的時候，張陸讓沒什麼感覺，但到頸部就產生了點若有若無的癢意。一點點的撓，從下至上，劃過他的喉結。像是刻意，又像是不經意。

張陸讓忍了一下，最後還是忍不住將脖子向後傾。

蘇在在無辜地眨了眨眼：「你幹嘛？」

張陸讓別過臉，平復了呼吸，緩緩的開口：「塗好了。」

蘇在在上下掃了眼，面不改色地繼續道：「你鎖骨也露出來了，我幫你塗。」

下一秒，張陸讓一把將衣領向上扯了些，憋了半天，最後只是不自然地說了句：「在外面別這樣。」

聽到這話，蘇在在愣了下，猛地笑出了聲。

張陸讓被這笑聲弄的面色一僵，冷冷地看了她一眼。很快，他將自己的帽子戴了回去，向下一扣，遮住半張臉。

蘇在在彎腰，順著縫隙看他的表情。很快，她將手伸了進去，摸了摸他的臉。聲音帶著安撫，更多的是在忍著笑，「好，在外面不這樣。」

張陸讓：「……」

兩人進了遊樂場。

蘇在在一手被張陸讓牽著，另一隻手拿著地圖看。她仔細地掃了一圈，聽到張陸讓問她吃不吃冰棒也沒回答。

半分鐘後，蘇在在終於在地圖的其中一個位置看到「鬼屋」兩個字。

蘇在在連忙扯著他，換了個方向走。

張陸讓愣了下，問：「妳要玩什麼？」

「我們進鬼屋玩吧？」說完後，她回頭看了他一眼，「然後再去玩別的。」

張陸讓頓了頓，認真道：「鬼屋晚上再去比較有氣氛吧。」

蘇在在瞪大了眼，一副理解不了的模樣，「你在說什麼？晚上去鬼屋？大白天跟鬼屋才是絕配啊！」

張陸讓的額角一抽：「……那去吧。」

鬼屋的位置在遊樂場的角落，是一個大型的水泥房子，暗灰的顏色，牆面長了些青苔，還刷上了紅色的油漆，看起來斑斑駁駁。房子裡頭偶爾響起壓抑的怪聲和人的尖叫聲，烘托了幾分恐怖的氣氛。

入口前面排著長長的隊伍，隔一段時間放幾個同行的人一起進去。

蘇在在舔了舔唇，牽著他走了過去。

等待的時間裡，蘇在在從背包裡拿出水瓶，擰開，遞給他。

聽著那毛骨悚然的聲音，蘇在在忽然有些緊張，小聲的問：「你怕嗎？」

張陸讓單手拿著傘，另一隻手接過水潤了潤唇。聽到這話，他神情寡淡，漫不經心的搖頭。

蘇在在小聲的「哦」了下，垂著頭，不知道在想什麼。

很快就輪到兩個人進去。裡面的光線很昏暗，耳邊總傳來一些窸窸窣窣的聲響。蘇在在抓住他的手臂，認真道：「讓讓，你別怕。」

張陸讓一句「沒怕」還沒說出來，她一臉嚴肅，繼續道：「怕就抱緊我。」

他頓了頓，扯過她的手往前走。

裡面的鬼都是人扮演的，固定在其中一個位置，突然撲出來嚇你一跳。

蘇在在好幾次被嚇得快叫出來，轉頭看張陸讓時，他都一臉平淡。她想起了自己來鬼屋的目的，心中的那些恐懼瞬間消失的無影無蹤。

蘇在在低頭思考了下，決定改變策略。想通了之後，她猛地撲到張陸讓的懷裡，覥著臉道：「嗚嗚嗚嗚讓讓我好怕……」

張陸讓：「……」

他停下了腳步，抬起她的頭，用微弱的光線看了看她的表情。眼中帶著星星點點的狡黠，嘴角還向上彎著。很快就抿了抿唇，收斂了自己臉上的笑容。

張陸讓的嘴角忽然彎了彎。他也沒動，任由她抱著。

半晌後，蘇在在心滿意足地說道：「我們走吧。」

張陸讓扯過她的手，很快就又鬆開，向上挪，搭在她的肩上。

走了幾步後，蘇在在聽到他若有似無的說了句話。

「傻乎乎的。」

她望了過去，正好看到他帶著寵溺的眼。

出了鬼屋，張陸讓拉著蘇在在走到一旁，買了根冰棒給她。

蘇在在咬著冰棒，問：「我們去玩旋轉木馬？」

他看著地圖，點點頭。

她眨了眨眼，得寸進尺：「你跟我一起玩嗎？」

「嗯。」他淡淡地應了聲。

找到設施後，張陸讓牽著她去排隊。

蘇在在舔著嘴角的冰棒，思考了下，然後說：「我之前跟佳佳一起來遊樂場，她都不肯跟我一起玩，說太幼稚了。」

「……」

「我跟你說，她跟現在的男朋友已經互見家長了。」說起這個，蘇在在瞪大了眼，「我們怎麼還沒見？」

張陸讓默默地從背包裡拿出紙巾，遞給她。

「你不要每次都用行動扯開話題。」蘇在在一臉嚴肅。

見她不接，張陸讓直接幫她擦掉嘴角的污漬，輕聲道：「我爸媽那邊，我想再過一陣子再帶妳回去。他們都知道妳，我跟他們提過。」

說完這句後，他想了想，補充道：「妳要不要先見見我舅舅？」

聽到他前一句話，蘇在在愣了下，好奇道：「你什麼時候說的呀。」

張陸讓回憶了一下，一臉認真，「之前打電話，他們讓我說些這邊的事情，然後我就說了妳。」

好像也只有蘇在在，是值得說的事情。

蘇在在忽然有些緊張，小聲道：「那他們怎麼說？」

張陸讓也記不太清，猶豫地說：「讓我帶妳回去給他們看看。」

沉默片刻後，蘇在在幽幽地開口：「讓讓，你先見我爸媽吧。」

「……」

「讓我看看你是怎麼做的。」

「……」

「給我點經驗。」

張陸讓：「……」

吃完午飯，兩人在周圍逛了一圈，消消食。

一小時後，恰好再度走到雲霄飛車那裡，蘇在在提議了句：「要不然我們去玩元霄飛車吧？」

張陸讓看了一眼，差不多六十公尺左右的高度。他抓了抓頭髮，這次有些猶豫了：「妳確定不怕？」

「你不喜歡嗎？」蘇在在也不在意，「那不玩了。」

「沒有，妳不怕的話我們就去。」

聞言，蘇在在笑嘻嘻地扯著他走了過去：「不怕啊。」

雲霄飛車車是遊樂場的熱門設施之一。

蘇在在和張陸讓等了二十分鐘才上去。

工作人員檢查完安全帶之後，張陸讓還有些不放心，仔細地再檢查蘇在在的設備一遍。

蘇在在彎了彎眼，笑道：「讓讓，你不是物理很好嗎？」

他沒說話，握住她的手。

很快，雲霄飛車慢慢的動了起來。

速度漸漸加快，從低處向高處。到最頂端之後，猛地向下落。耳邊的風聲格外大，蓋過了一半的尖叫聲。

蘇在在淡定地側過頭，看著張陸讓那依然沒什麼波動的臉。她忽然覺得有些好笑，稍稍提高的聲音喊他：「讓讓。」

不知道他有沒有聽到。

蘇在在沒想太多，正想繼續說話。

雲霄車的速度越發的快，身體也順著轉向開始轉動。

蘇在在心臟一跳，乖乖的閉上了嘴。

一分鐘後，雲霄飛車到了終點，速度慢了下來。

蘇在在轉過頭看他，繼續說出剛剛沒說出來的話：「讓讓，我們現在也是經歷過生死的關係了。」

張陸讓沉默著望了過去。

「所以你來我家吧。」

她的話音剛落，雲霄飛車隨之停了下來，乘客解開安全帶，發出哀號的聲音。

張陸讓也解開安全帶，見她沒動靜，便伸手替她解開。

隨後，蘇在在扯著他站了起來，繼續道：「我讓你岳父、岳母請你吃頓飯報答你。」

第五十九章　偏愛

她的家那麼溫暖。
怪不得她也那麼好。
——張陸讓

兩日後，恰好是週日。

張陸讓提前跟蘇在在說好了時間，一大早就上門拜訪。他在門口站了一下，眉眼含了幾絲緊張。

下一秒，張陸讓彎了彎嘴角，伸手按了下門右側的門鈴。

幾乎是同時，門從裡開，蘇在在探了個腦袋出來。她笑嘻嘻地拉著他的手腕，把他往裡扯。

張陸讓站在玄關，往裡邊看了一眼。

一個中年男人坐在沙發上，視線往這邊看，臉上帶著溫和的笑意。

中年女人從廚房裡走了出來，手上端著一盤水果，看到張陸讓的身影，她笑道：「陸讓來了？過來坐。」

張陸讓正好脫完鞋子，換上蘇在在遞給他的室內拖鞋，而後走到茶几前。他伸手將手中帶來的禮物遞了過去，語氣尊重謙卑：「叔叔、阿姨，您好。」

蘇父站了起來，接過他手中帶來的禮物，放在茶几上：「坐吧。」

張陸讓頷首，坐在隔壁的沙發上。

蘇在在像個小尾巴一樣坐在他的旁邊，安安靜靜的。

場面沉默了一瞬。

張陸讓琢磨著，正想開口說些什麼。

一直沉默著的蘇母突然湊近蘇父的耳側，小聲道：「長得比照片好看。」

蘇在在立刻開了口，說：「媽，妳太大聲了。」

聽到這話，張陸讓的表情一愣，臉有些熱。

原本有些尷尬的氣氛瞬間和緩了不少。

蘇父的聲音帶了點笑意，倒了杯水放在他的面前：「聽在在說你家在B市？」

「對的。」張陸讓思考了下，補充道，「我父母都在那邊，我跟著舅舅住在Z市。」

「那以後會回去B市工作嗎？」蘇父隨意地問。

張陸讓早就想過這些問題，直接開了口：「不會，工作還是會在Z市工作，畢業後會定居在這邊。」

「你父母知道嗎？」

「知道的，我跟他們提過，他們也同意了。」

蘇父似乎也沒什麼要問的了，只是嘆息了聲，說：「我們家踩在腳底的掌上明珠居然也找了男朋友。」

聽到這話，蘇在在忍不住了：「爸，哪有你這樣說話的。」

張陸讓的重點全放在「掌上明珠」三個字，他頓了頓，鄭重道：「我會好好對她的。」

之後，蘇父蘇母聊起別的話題，多是蘇在在小時候的事情。

張陸讓認真地聆聽著他們的話，嘴角全程上揚。

午飯過後，想到兩個長輩可能要午休，張陸讓也不想打擾太久，便告了辭。

蘇在在換了身衣服，跟他一起出了門。

路上，張陸讓有些沉默。

蘇在在眨了眨眼，認真道：「你怎麼了？我爸媽很喜歡你呀。」

他不知道在什麼，盯著遠處，臉上沒什麼表情。

過了一下，張陸讓開了口：「妳覺得我表現的好嗎？」

蘇在在不知道他說這話是什麼意思，只覺得他是求表揚和贊同。她十分捧場的誇他：「你那簡直是標準女婿的做法了，超級棒啊，不知道的以為你見過幾百次家長了。」

張陸讓的嘴角扯了扯。

他轉過頭，垂眸看了她一眼，眼中帶了笑意和期待，「那妳有經驗了吧？」

完全沒想過他會說這個，蘇在在愣了下，呆滯地點頭。

「下週見我舅舅？」張陸讓舔了舔唇，繼續道：「過幾天妳可能就要面試了，也趕不及去B市去見我爸媽，等寒假或者明年暑假我們再去？」

他的語氣有些急切，讓蘇在在有些反應不過來。

「寒假好不好？等你這邊沒事了我們就過去。」

見他這副模樣，蘇在在忽然揚了揚嘴角，抑制不住唇邊的笑意。她看著張陸讓，鄭重道：「好啊。」

都在拼命的想讓對方滲透進自己的生活。

那又有什麼不好。

隔年寒假，蘇在在在過年之前跟張陸讓一起去了B市。

張陸禮也剛從國外回來沒幾天。

空曠的房子裡一下子增添了幾個人，熱鬧了不少。因為這個原因，張父、張母的心情看起來很好。

吃完晚飯後，幾個人坐在沙發上聊天。

張母面帶微笑，牽著蘇在在的手問：「妳和阿讓都大三了吧？聽他說要直接工作，妳呢？是讀研究所還是工作？」

蘇在在低頭思考了下，說：「我也打算直接工作。」

張陸讓拿起桌子上的茶壺，慢慢地倒茶，再次強調：「我們兩個的工作地點都在Z市，以後也會在那邊定居。」

張父沒有提出什麼意見，只是道：「有空記得要回家。」

聞言，張陸讓的動作頓了頓，輕輕地應了聲：「嗯。」

一旁的張陸禮拿起一杯茶，小小的喝了口：「過兩年我也回來了啊。哥，你什麼時候舉辦婚禮啊，要我當伴郎嗎？怕搶你風頭啊。」

張陸讓認真地想了想：「那算了。」

客廳猛地響起一陣笑聲。

半晌後，張母邊扯著蘇在在往房間走，邊道：「在在，來，我給妳看看阿讓小時候的照片。」

張陸讓下意識的站了起來，也想跟過去。

張父突然喊住他，生硬道：「茶沒了。」

「哥，你也黏得太緊了吧。」張陸禮一副嫌棄的模樣。

張陸讓的眉心一動，沒說話，坐了回去。他低喃著，表情有些疑惑，「會嗎。」

「根據我的經驗，女生不喜歡男生太黏人。」

張父也難得的開了口：「是這樣。」

張陸讓舔了舔唇，低聲道：「她應該挺喜歡吧。」

房間裡，張母帶著蘇在在坐到床邊，從書櫃上拿出兩本厚厚的相簿。她的興致很高，翻到其中一張的時候，還指著笑道：「阿讓和阿禮兩個人年齡差的不遠，就一歲半，所以以前很多人都問我他們兩個是不是雙胞胎。」

蘇在在看了看。

照片上的張陸讓大概七、八歲左右，嘴角幾乎要咧到耳根。張陸禮站在他的旁邊，表情一模一樣，這樣一看，確實很像。

蘇在在好像沒見過表情這麼浮誇的張陸讓。她像是被感染了，莫名的彎了彎嘴角。

「阿讓以前特別不愛念書，」張母陷入回憶中，「他整天跟同學去外面玩到七、八點才回來，他弟弟想跟他一起去他都不願意。」

「後來，他弟弟四年級的時候開始跳級，當時我和他爸爸的心態變了，阿讓的性格也開始慢慢的變化。」

「他弟弟十五歲就考上B大，當時還上了新聞。」

蘇在在沉默著，認真的聽她的話。

「很多親戚打電話來誇，我也不知道當時怎麼想的，他舅舅跟我說了很多次，我也不覺得我哪裡做的不對。」

「阿讓上大學之後，一次家都沒回過。」張母的聲音漸漸哽咽，目光盯著相簿裡的照片，「阿禮也是，我以為他跟我很親近，可他從來不打電話給我。」

她的眼淚掉了下來，終是忍不住單手捂住了眼。

「原來我一直做的不對。」

蘇在在將手搭在她的手上，也不知道該說什麼：「阿姨……」

「我的兩個孩子，因為我和他爸爸，一直過得不開心。」

「我還以為給了他們很好的生活，原來根本不是……」

「原來只有我和他爸爸覺得好……」

蘇在在鼻子一酸，伸手輕輕地拍了拍她的背。

「阿姨，張陸讓現在變得很好。」

「你不用不開心，一切都會好的。」

所有一切。

時間也不早了，蘇在在跟張父張母道了聲別，準備回酒店住。

張陸讓拿了張父的車鑰匙，跟她一起出了門。

兩人上了車，張陸讓沒立刻發動車子。沉默片刻後，他忍不住問：「我媽跟妳說什麼了？」

「沒說什麼呀，她給我看了你小時候的照片。」提到這個，蘇在在瞪大了眼，「讓讓，你小時候嘴巴超級大。」

張陸讓：「……」

他瞟了她一眼，發動了車子。

蘇在在的手肘靠在車窗上，看著窗外一晃而過的景色。

天已然暗沉了下來，帶著幾許壓抑。沉悶中，蘇在在忽然開了口，輕聲問道：「你還怪你爸媽嗎？」

聽到這個，張陸讓明顯一愣，不過很快就回答道：「談不上吧。」

談不上責怪，也說不上原諒。但大概是，再也親近不起來了吧。

蘇在在沒發表什麼意見，扯到另一個話題上。

「以後我們不生孩子了吧。」她半開玩笑。

張陸讓沒說話，似乎在等待她接下來的話。

「因為我肯定會只偏心你啊。」

聞言，張陸讓的嘴角勾起，也道：「那他（她）真的是沒爸媽疼。」

第六十章　她病得不輕

她病得不輕，卻喜歡我。
那我就姑且認為她沒有病吧。
——張陸讓

聽到這話，蘇在在愣了一下。她的視線重新放回車窗外，彎了彎嘴角，但還是認真道：「那都分一半出來吧。」

張陸讓沒反對，聲音裡帶了笑意：「好。」

車裡又安靜了下來。

片刻後，蘇在在看到外面一晃而過的一所學校。黑大加粗的楷體，名字是：B市中學。

蘇在在的注意力被其吸引住，她忍不住轉過頭，說：「我們去你高中看看？你去過我的高中我都沒去過你的。」

張陸讓轉著方向盤，下意識道：「這麼晚了，進不去。」

蘇在在沒太介意，想了想，認真地說：「我人生最大的遺憾是你造成的。」

「……」

「都怪你要回B市讀書，讓我們熱戀期的時候就直接異地戀了。」

張陸讓張了張嘴，有些莫名其妙：「但……」

「不過你長得好看。」蘇在在舔了舔嘴角，有些羨慕，「長得好看就是不一樣，不會被另一半冷落。」

與此同時，張陸讓恰好把將車停在海邊的停車場。

蘇在在往四周看了看，問：「去哪？」

「去不了學校，帶妳去周圍走走。」他說。

說完之後，張陸讓牽著蘇在在往海邊的方向走。

風很大，有些清爽，帶著淡淡的海腥味。

蘇在在側頭看了看，下面的沙灘上，幾對情侶牽著手散步。

遠處的海水在月光的照耀下泛著光，跟天空的銜接處格外明顯。

張陸讓還在想剛剛蘇在在說的話，一直沉默著。

走了一路，好不容易看到了入口，能從上面下樓梯到沙灘上。蘇在在有些興奮，忍不住扯著張陸讓換了方向。

張陸讓也恰好在此刻開了口，似乎有些疑惑：「在在。」

「啊？」蘇在在垂眼踩著沙子，應了聲。

他別開眼，表情有些不自然：「妳為什麼喜歡我。」

聞言，蘇在在抬起頭看他，沒怎麼考慮就說了出來，很誠實的模樣，「你長得好看。」

張陸讓抿了抿唇，看起來不太滿意這個回答：「就這個？」

她思考了下，繼續道：「還因為你是讓讓呀。」

張陸讓僵硬的面部曲線瞬間柔和了些，生硬地問：「妳還覺得誰好看。」

「我整天對著你的臉我能覺得誰好看啊。」蘇在在想想也覺得有些委屈，「我都不敢照鏡子了好嗎？」

海風亂吹一通，將她的髮絲全數吹到腦後。

張陸讓伸手替她捋了捋，心情看起來很好。他垂下眼，稍稍彎了彎腰，盯著她的臉看了一下，很快，張陸讓下了個結論：「妳好看。」

聽到他的誇獎，蘇在在嘿嘿笑，抱住他的手臂，一臉好奇：「你第一次見我覺得我長得好看嗎？」

張陸讓回憶了下，沉默下來。

蘇在在一下子就懂了，唇邊的笑意收斂了些。她覺得有些委屈，悶悶地問：「那你對我什麼印象？」

張陸讓舔了舔嘴角，猶豫了一下，還是決定誠實說：「覺得妳有點奇怪。」

蘇在在瞪大了眼，覺得有些冤枉：「哪裡奇怪？」

這次張陸讓安靜了下來，沒再說話。

蘇在在回憶了高一時自己的行為。

……好像確實。

她決定不再提過去的事情，改口問：「那現在呢？」

一旁沉默的人依然沉默著。

等得有些著急的蘇在在正想跟他撒潑，就聽到他開了口，「不覺得了。」

兩人在海邊走了一圈之後，沒多久就回到停車場，開車回酒店。

蘇在在走到前檯辦理入住手續，說了自己的名字後，把身分證遞了過去。

工作人員看著他們兩個，提醒道：「如果是兩個人入住，都要提供身分證。」

聞言，張陸讓從口袋裡拿出錢包，抽出了身分證。還沒等他遞過去，就聽到一旁的蘇在在輕聲道：「沒有，就我一個人住。」

張陸讓被她打了個措手不及，猛地轉頭看向她。

拿到房卡後，蘇在在將張陸讓扯到旁邊說話，「讓讓，你想想，你那麼久沒回家了，你還跟我一起住酒店。而且我們還沒結婚呀，你爸媽要怎麼想我啊。」

張陸讓看了她一眼，沉聲道：「那我回去了。」

「嗯，這次不要任性。」

「……」

「下次再來獻身。」蘇在在厚顏無恥的補充。

張陸讓懂她的顧慮，沒再說什麼。他把她送到房間，不放心地囑咐了她幾句。

見張陸讓出了門，蘇在在忽然道：「你不開心就過來哈。」

張陸讓「嗯」了一聲，看她把門鎖上了才出了酒店。

回到家時，張氏父母和張陸禮都還待在客廳，有一搭沒一搭的聊著天。

張陸讓很久沒回來過，此刻也有些不習慣。他在玄關處站了一下，正想跟他們打個招呼就回房間的時候，坐在沙發上的張陸禮恰好看到他，喊了他一聲：「哥！」

張陸讓終於有了動作，走了過去。

「阿讓，你寒假待在這邊吧？」張母忽然問。

聞言，張陸讓的視線望了過去，誠實道：「過兩天我就回去，等除夕的時候跟舅舅一起過來。」

張母似乎有些不滿，還想說些什麼，但想到前兩年空蕩蕩的房子，很快就退怯了。

旁邊的張父翻了翻手中的報紙，也沒開口。

張陸讓跟他們打了聲招呼便回了房間。

沒過多久，張陸禮門都沒敲，直接進了他的房間。

張陸讓正坐在床上，見他進來時只是抬了抬眼，很快就收回視線。

張陸禮才上了他的床，盤腿坐下：「哥，我打算畢業之後在那邊工作幾年再回來。」

「嗯。」

「我跟爸媽說了，他們不同意。」

聽到這個，張陸讓才有了反應，皺眉道：「你……」

沒等他說完，張陸禮繼續道：「我不會聽他們的，我就是想待在那邊，我已經決定好了。」

張陸讓點點頭，看著手機沒說話。

張陸禮也不介意他的冷漠，繼續巴拉巴拉：「哥，爸媽的態度是不是變了？我去年沒回家就是為了這個。」

張陸讓看了他一眼，有些莫名其妙。

「以前我在的時候，他們只覺得是你的問題，因為覺得你很叛逆不聽話。」張陸禮振振有詞地分析，「不過哥，你居然能三年不回家，無情。」

張陸讓沒理他。

「你畢業之後真的在Z市工作啊？」

張陸讓被他煩得不行，抬腳踢了他一下：「回你房間。」

「所以你在Ｚ市工作嗎？」張陸禮繼續問。

「嗯。」他終於回答，順帶補充了句，「就在那了。」

半年後，兩人開始準備大四實習。

蘇在在和張陸讓實習的公司距離有些遠，車程大概一個半小時左右。兩人的職業本就是熬夜和加班較多，所以見面的時間比以前少了很多。

蘇在在的工作地點在Ｚ大附近的一家廣告公司。她意外的發現，謝林楠也在這家公司上班，恰好在同一個部門。不過自從上了大二，蘇在在也沒怎麼跟他說過話，見到他只是略帶生疏的打了個招呼，之後就被她拋之腦後。

張陸讓在菁華附近的一家大型軟體公司實習，不加班的時間他都會開著林茂的車到Ｚ大那邊找蘇在在吃晚飯或者帶飯給她。

硬擠的話，一個星期加上週休二日兩人能見四面左右。

實習兩週後的某天。

蘇在在從公司裡出來，在門外等了一下，坐上張陸讓的車。

張陸讓的身上穿著襯衫西裝褲，領帶正經的繫著。嘴角平直，見到她的時候稍稍的向上翹了翹：「想吃什麼？」

他邊說邊習慣性地湊過來幫她繫安全帶。

蘇在在乖乖的坐著，仔細的想了想：「吃烤肉吧。」

張陸讓「嗯」了聲，思考了下那家店的位置，很快便發動了車子。

蘇在在百無聊賴地在車窗上呵了口氣，一筆一劃的寫了個「讓」字。

半晌後，她突然轉過頭，嘆了口氣：「讓讓，你說我們這段時間老是熬夜，要不要比比誰先禿頭？」

剛好紅燈，張陸讓停下了車。聞言，他額角一抽，說：「不比。」

蘇在在也沒說什麼，心情看起來有些低落。

烤肉店離蘇在在的公司並不遠，開車差不多五分鐘就到了。

張陸讓找了個位置停車，停好後，他也沒急著下車。

蘇在在低頭解安全帶，正想下車的時候，一旁的張陸讓扯住她的手腕，將她帶了過來，輕聲問：「怎麼了？」

蘇在在看著他，忍了忍，還是沒忍住：「剛剛又被總監罵了。」

張陸讓頓了下，伸手揉了揉她的腦袋：「怎麼罵妳？」

「他說我寫的文案很爛，說了很多遍改出來的東西都很爛。」大概是因為張陸讓在身旁，蘇在在的情緒徹底爆發，「我也想像你那樣，什麼都做的很好……」

她像是回到了升學考的時候，一步一步的磨礪，其中多少辛酸崩潰，都是成長的代價。

但幸好，每次都有張陸讓在她的身邊。

張陸讓的雙眸暗沉沉的，喉嚨上下滑動，像是在壓抑著什麼。很快，他湊過去將她整個人抱到自己的腿上，垂眸看她，聲音帶著哄人的腔調，「說妳文案哪裡做的不好？」

蘇在在吸了吸鼻子，將眼淚蹭在他的襯衫上，「說我寫的太死板了，太書面化。」

張陸讓用鼻尖蹭了蹭她的額頭，半開玩笑，「妳怎麼可能寫得出死板的東西。」

聽到這話，蘇在在用泛了紅的眼看他，沒說話。

「別太把別人的話放在心上。」想了想，他補充道：「我也經常被罵，各種原因都有，我沒有什麼都做得很好。」

蘇在在很認真地反駁他，甕聲甕氣的，「你就是什麼都很好，罵你的人都是嫉妒你。」

張陸讓原本還有些沉重的心情瞬間消失，被她逗得悶笑了聲。他低頭吻了吻她的眼，嘴角彎著，「以後有人罵妳我就送禮物給妳好不好？」

蘇在在的心情已經好了不少了，順著他的話說：「哪用禮物，被罵了你就親我呀，要那種特別粗暴的吻。」

「不行。」張陸讓果斷拒絕。

蘇在在一愣。還沒等她繼續說話，張陸讓的唇瓣向下挪，與她的嘴唇貼合。他咬了咬她的飽滿的唇，像是把她剛剛的話聽進去了，力道有些重。

蘇在在聽到他含糊不清的說了句：「要是沒人罵妳了怎麼辦。」

她的眼睛稍稍瞪大了些，聽到他補充了句，「我也覺得妳什麼都好。」

兩人在車裡廝磨了一陣子才進了烤肉店。

張陸讓拿著夾子，平鋪了幾塊肉到烤盤上，仔細地翻轉。

蘇在在咬著他烤好的肉，忽然想起一件事情：「讓讓，還有不到一年我們就畢業了耶。」

張陸讓騰開手把她調了點醬料，放在她面前。

聽到蘇在在說的話，他的眉眼一動，沉下了聲音：「蘇在在，別什麼都跟我搶。」

蘇在在眨了眨眼，無辜道：「我沒搶什麼呀。」

張陸讓瞟了她一眼，沒說話。

蘇在在盯著他看了一下，有些疑惑：「我怎麼感覺你總是在生氣。」

他嘆息了聲，認真地問：「妳不想我對妳好點嗎？」

「啊？」蘇在在仔細的想了想，「你……」對我很好了啊……

沒等她說完，張陸讓繼續道：「妳也得給我點機會。」

他的聲音帶了幾許懊惱。

蘇在在呆呆地「哦」了聲，低頭繼續啃肉。

過了一下，她終於反應過來。

「我不跟你求婚就是了，不過我想了好多個方式呀。」提到這個，蘇在在忽然有些不甘心了，

「不行，我也想用，要不然我們一人求一次。」

張陸讓又往她碗裡夾了幾塊肉，淡淡道：「妳什麼時候能正常點。」

蘇在在笑嘻嘻的，厚顏無恥地問：「你不喜歡？」

張陸讓的眉眼抬了抬，稍稍的看了她一眼。眼中的情緒沒有什麼大的波動，頂著一張面癱的臉。聲音溫潤如玉，像是窗外零落的雨點。

「喜歡。」

第六十一章 情願

——張陸讓。

原來，我一直做的都不夠好。

只是她沒說出來。

——張陸讓

烤肉店裡吵吵鬧鬧的，暖黃色的燈光照射下來，與周圍的聲音融合在一起，帶了幾分溫馨的感覺。周圍的世界像是離他們很遠很遠。

眼前的張陸讓，因為年齡的增長，面部的曲線越發冷硬。以前能遮蓋住眉毛的髮絲剪成短短的，少了幾分慵懶，看起來俐落分明。

整個人雖置於這片喧囂之中，但卻像是不食人間煙火。清晰明顯的距離感。

可這樣的人，前一秒卻還板著臉跟她告著白。

蘇在在的心上一暖，忽然喊了他一聲：「讓讓。」

聽到她的聲音，張陸讓抬了抬眉眼，像是在等著她接下來的話。見蘇在在沒繼續開口，他看著桌上空著的好幾個盤子，問：「還餓嗎？」

一句話將所有的隔閡全數打散。

「你把你手機給我。」蘇在在莫名其妙地扯到另一句話。

張陸讓愣了下，也沒多問，下意識的把桌子上的手機遞給她。

蘇在在笑了彎眼，沒接，回覆他剛剛的話：「餓。」

張陸讓疑惑地看了她一眼，很快就「嗯」了聲。

把手機放回了原處，又夾了幾塊肉放在烤盤上。

蘇在在托著腮，盯著他的動作。

修長的手指拿著鐵刷，動作慢條斯理，刷掉烤架上的殘渣。偶爾用夾子將肉塊翻個面，在其上刷些燒烤油。

注意到他沒怎麼動過的碗筷，蘇在在垂下頭，伸手夾起碗裡的一塊肉，放到他的嘴邊。

張陸讓一口咬下，慢騰騰的嚼著。

隨後，蘇在在拿起另一個夾子，把烤盤上烤好了的肉夾到他的碗裡，開口道：「讓讓，你想好時間了嗎？」

張陸讓的動作頓了頓，沒反應過來：「什麼時間。」

她沒解釋，繼續說：「你提前跟我說啊，我得穿好看點。」

蘇在在這句話再加上兩人之前說的話題，讓張陸讓瞬間明白了。他猶豫了下，問：「這個要提前說的？」

「你說呀，我還能教教你。」

張陸讓原本還是認真詢問的狀態，聽到她這句話，頓時收回思緒。他看了她一眼，沉聲道：「不用妳教。」

蘇在在也沒在意他的回答，一副笑嘻嘻的模樣，心情看起來格外好。

「感覺我們這樣就挺好的。」

「找個時間你把婚求了，不然我來也行。」

「然後畢業了之後我們就登記啊，慢慢存錢舉辦婚禮和買房。」

說到這，她頓了頓，看起來好像十分嚮往。

「我們兩個的名字就一直捆綁在一起了。」

「就這樣，一輩子。」

張陸讓突然說不出話來。

他盯著蘇在在的眼，嘴唇動了動，「那樣的話，妳就得跟我一起過租房子的生活。」

蘇在在愣了一下，不知道為什麼不是像以前那樣得到他肯定的回覆。她也沒多想，很認真的看著他的眼睛：「那也很好啊。」

怎樣，她都覺得很好。

張陸讓沉默了下來，喃喃道：「如果我比妳大幾歲就好了。」

那他現在就可以理直氣壯的等著她畢業，給她一個好的未來。讓她做什麼都覺得毫無負擔，因為有他這樣的後盾。

如果是那樣就好了。

他想讓她一輩子都活得快樂。不會因為脫離了校園，步入一個競爭力強又殘酷的地方，就將她的張揚和靈動一點點的磨滅。

「啊？你是比我大一歲呀。」

張陸讓的喉結滾了滾，認真的說：「畢業後，妳給我兩年。」

聞言，蘇在在的表情一愣，莫名其妙道：「你要做什麼？」

「別人有的，我都想給妳。」他的聲音有些啞，像是怕她不高興，帶了點小心翼翼，「別人沒有的，我也想全都給妳。」

聽完他的話，蘇在在瞬間懂了他的意思。視線慢慢地垂了下去，濃密的睫毛遮去她的情緒。

她第一次理解不了他的想法。

蘇在在用筷子戳著碗裡的肉，聲音有些冷淡：「我沒覺得那樣有什麼不好，那些好的生活為什麼非得要你一個人來努力……」

張陸讓不知道該怎麼說出自己的想法。

桌面上沉默了下來。

蘇在在忍受不了這樣壓抑的氣氛，她咬了咬唇，把筷子放在桌子上。再抬眼時，眼眶暈染了一片紅色，蓄滿了淚水。

她忍住哭腔，問：「是不是只有我想。」

過去的每一個畫面在她腦海裡一一掃過。

——「你又不肯給我一個名分。」

——「那你親我一下我才讓你去。」

——「如果你要跟我一起去的話，酒店你要跟我住同一間。」

張陸讓急了，立刻抽了幾張紙巾，站起來走到她旁邊。

還沒等他開口，蘇在在就站起身，嗚咽道：「什麼都是只有我想。」

說完她就推開他往門口的方向走。

她的語氣、她的反應、她的兩句話，像是積蓄已久的情緒，卻也像是只是一時的爆發。

張陸讓的呼吸一滯，心臟像是被蟲子啃咬，又像是被人重重地掐住，疼得難受，連氣都喘不上來。他拿起蘇在在放在椅子上的包，立刻跟了上去。

蘇在在的方向感不太好，出了門直接左轉，低著頭往前走。剛好是一條人流量很大的街道，她擠開人群，一味的向前走。

張陸讓很快就追了上去，抓住她的手腕往懷裡扯。

她沒反抗，也沒說話。

張陸讓的手掌放在她的後腦勺上，低聲哄道：「別哭啊。」

人太多，張陸讓猶豫了下，牽著她往回走。

蘇在在乖乖地跟在他後面。

一到人少的地方，蘇在在猛地甩開他的手，走到馬路旁準備攔車。

張陸讓重新把她抓了回來，聲音裡帶了懇求：「在在……」

蘇在在的眼淚依然啪嗒啪嗒的掉著，動作卻慢慢地停了下來。她安靜著，像是在等待他的解釋。

張陸讓伸手幫她擦著眼淚，無措地說：「別哭了，那就畢業好不好？不等兩年了……我……」

他再努力一點就好。

他過得不好沒關係，但他得讓她過得好。

可張陸讓的話完全沒讓蘇在在開心起來。

蘇在在吸了吸鼻子，伸出另一隻手，把他的手扯開。一字一句，帶了濃濃的情緒。

「張陸讓。」

「什麼都是我逼你做的。」

張陸讓的嘴唇動了動，解釋的話還沒出來。

面前的蘇在在單手捂住眼睛，再度開了口。

「你不願意主動，我來，我覺得沒關係。」

「我知道你做不來這些，所以全部都讓我來，我真的覺得沒關係。」

「可是時間久了，我也不知道我這樣到底對不對。」

蘇在在的眼淚順著指縫湧了出來。聲音平靜的像是什麼都沒有發生，卻卑微到了塵埃裡。

「我也會想……」她哽咽了一聲：「你是不是根本就不情願。」

第六十二章　奔赴

原來人的生活，真的會因為少了一個人，
僅僅只是少了那樣一個人，
就會變得那麼無所適從。

——張陸讓

聽到她的話，張陸讓的瞳孔一凝，表情茫然無措。

他第一次見到這樣的蘇在在。

無從下手，不知道該怎麼辦。

張陸讓小心翼翼的握住她的手腕，將她臉上的手扯了下來。露出那雙紅通通的眼，裡頭帶了滿滿的怯懦和崩潰。

他的心頭一澀。

「我怎麼可能不情願。」張陸讓的喉結上下滑動著，語氣低沉晦澀，「是我做得不好，我以後會……」

蘇在在沒聽他說完，從他手中拿過自己的包。她的腦袋下意識地垂著，用手擦了擦眼睛，打斷他的話，「你回去吧。」

張陸讓還抓著她的手，固執地說完：「我以後會改的。」

蘇在在壓抑著情緒，聲音帶著濃濃的鼻音：「我沒想讓你改，是我自己心態不好。你回去吧，明天還要上班。」

下一刻，她掰開他的手，輕輕說：「我今天想自己回去。」

張陸讓的掌心一空，下意識的在空氣中虛握了一下。

蘇在在往馬路那邊看了一眼，伸手攔了輛計程車。她往那邊走了兩步，很快就轉過頭，看他。

蘇在在的表情已經恢復了平靜，唯有那雙眼睛還泛著紅。她似乎有些失望，嘴唇動了動。說出來的話冷冰冰的，讓他一時卻了步，「張陸讓，我不喜歡強求而來的東西。」

說完之後，蘇在在便上了車。

張陸讓沉默著，記下了計程車的車牌號。他看著車子發動，向前移動著，泛著紅光的後車燈越來越遠。

張陸讓回過神來，走回停車場去取車。他坐在駕駛座上發著呆，心中的恐懼越來越劇烈。隨後，張陸讓發動了車子，往B大的方向開去。

車子開不進學校，張陸讓在附近找了個位置停下。他下了車，往女生宿舍的方向跑，邊跑邊打電話給蘇在在。

蘇在在很快就接了起來，沒出聲。

張陸讓喘著氣，眼睛不知是因為風吹還是別的什麼原因，又酸又疼。他的腳步慢慢地停了下來，輕聲問：「妳到宿舍了嗎？」

蘇在在『嗯』了一聲，淡淡道：『快了。』

之後是短暫的沉默。

張陸讓聽到她那邊響起了幾個女生嬉笑的聲音，還有上樓梯的腳步聲。

電話裡只剩下兩人淺淺的呼吸聲。

張陸讓忽然開了口，說：「我在Z大。」

那頭依然安靜著，完全不像平時那般鮮活明朗，氣氛也隨之沉悶了起來。

張陸讓的腳重新抬了起來，繼續往前走。聲音脆弱得不堪一擊，像是下一秒就要碎成一團，「蘇在在，除了分手，別的妳都能想。」

想罵他，想打他，想對他不好，什麼都可以。

蘇在在乾涸了的眼睛又浮起了一層薄薄的霧氣。她安靜地走進宿舍裡，打開燈。

室友都在外面實習沒有回來，狹小的房間裡空蕩蕩的。

蘇在在走到陽臺，趴在欄杆上向下看。一眼就看到了站在樓下的張陸讓，他似乎也感應到了什麼，抬頭往上看。

蘇在在啟唇，開了口。視線一直放在樓下的張陸讓身上，距離有些遠，看不清他的表情。

『沒有想分手。』她伸出手，隔空摸了摸他的臉，然後認真地說：『我離不開你的，你不是知道嗎？』

張陸讓的心下一鬆，還沒來得及開口。

蘇在在突然苦笑了聲，平靜地問：『但你呢。』

說完之後，她沉默了一下，急匆匆地說了句話便掛了電話。

『回去吧，你最近也老是熬夜，好好休息。』

接下來的幾天，恰好遇上了公司最忙的時候，張陸讓被硬性要求加班到晚上十點十一點。時間太晚，他怕會把蘇在在吵醒，只能傳簡訊給她。

蘇在在都到隔天中午的時候才回覆。

空暇時間打電話給她，也只能得到很安靜很安靜的呼吸聲。

像是進入了冰凍期。

以前被蘇在在的話填滿的聊天室也變成了張陸讓寥寥無幾的幾句話。

她的情緒像是堆積了很久，遲遲都散不去。

張陸讓走到辦公室的茶水間裡，邊打著電話邊垂頭倒著咖啡粉。

不知道蘇在在今天發生了什麼事，話比平時多了些。

『我的好多朋友，見過你之後，都覺得我的運氣太好了。』

『其實不光是他們，就連我也是這樣想的。』

『你多好啊，因為我從來不跟別的女生說話，給足了我多少安全感。』

那頭的她呼吸頓了頓，很快就問：『是不是我太得寸進尺了。』

以前希望他能不討厭她就好了。

現在呢？

似乎對什麼都不滿足了，好像得到的越多，就越來越惶恐。

「妳為什麼不呢。」張陸讓手上的動作停了下來，聲音低低啞啞的，「誰說不讓妳得寸進尺了嗎？」

蘇在在吸了吸鼻子，細細的思考著：『好像沒有。』

張陸讓的表情失了神，慢條斯理的按住飲水機的開關。看著熱水墜入杯中，升騰起一大片熱氣。

「妳覺得是妳運氣好，那妳怎麼不想想。」

「幸運找過妳之後，下一秒，它也來找我了。」

那頭沉默了下來。

張陸讓抿著唇，嘴角漸漸變得僵硬平直，再次提起了最近幾天一直在說的話。

「我今天下班之後去找妳。」

『你不是要加班嗎？』她低聲說。

張陸讓有些煩躁地抓了抓頭髮：「不加了。」

蘇在在思考了下，認真道：『等你有空了再說吧，我今晚可能也要加班。』

他的嘴角扯了扯，直接拆穿她：「妳不想見我。」

『……』

張陸讓重複了一遍，語氣有些委屈：「妳是不是不想見我。」

『我最近……』蘇在在的話還沒說完，電話裡響起一個男人的聲音，『喂！蘇在在，我們去外面吃飯，要不要外帶給妳？』

格外熟悉的聲音。

張陸讓在電話這邊聽著她在跟那邊的人說話。他聽著那個男人的聲音，和腦海裡的人物一一對比，終於得出了結果——謝林楠。

張陸讓握住杯把的手緊了些。

很快，蘇在在有些距離感的聲音又回到了耳邊。

『我先去吃午飯，晚點打電話給你。』

張陸讓的臉上看不出什麼情緒，輕輕的「嗯」了聲。

下午，張陸讓直接拒絕了主管說的加班。一到時間就出了公司，開車到蘇在在的公司樓下。他翻出手機，看了看時間。

已經六點半了，也不知道她走了沒。

張陸讓正想打電話給她的時候，眉眼一抬，就看到她從大門那走了出來。他正想下車喊她，就看到跟在她身後的謝林楠。

張陸讓的目光一頓，直接下了車。

兩人邊往這邊走邊聊著天，沒有注意到張陸讓的到來。

張陸讓走了過去，輕聲喊：「在在。」

蘇在在下意識向聲源望了過去，見到他的時候，也沒多大反應。她轉頭跟謝林楠道了聲別，直接往張陸讓這邊走。

還沒走幾步，張陸讓就到了她的面前，牽著她往車的方向走。手中的力道格外緊，像是按耐著什麼情緒。

蘇在在舔了舔唇，輕聲道：「你怎麼那麼早。」

張陸讓打開了副駕駛的門，沒說話。

蘇在在猶豫了下，看了他一眼，很快就坐了進去。旁邊響起了關門的「嘭——」的一聲。

蘇在在垂著眼，低頭繫著安全帶。駕駛座那邊的門被打開，灌進一陣風。

蘇在在也沒看他，轉頭看向窗外：「我在公司吃了飯了，如果你吃了的話，把我送回宿……」

話還沒說話，耳邊又響起了一陣巨大的關門聲。

她的下顎猛地被人捏住，轉了個方向，重重的吻伴隨而來，帶著撕咬。

蘇在在瞪大了眼，下意識的張了張嘴，方便了他的掠奪。她從來沒遭遇過這樣粗暴的對待，忍不住把他往外推。

張陸讓用一隻手壓制住她，加深了這個吻。

很快，他停下了動作。黑如墨的眼盯著她，用帶了些涼意的指尖摸了摸她的眼角。

「在在。」他低喃。

蘇在在的表情有點茫然，對這樣的他有些反應不過來。

下一秒，張陸讓忽然笑了下，輕聲道：「畢業就結婚。」

蘇在在別過臉，想說什麼。

張陸讓捏著她的手，語氣有些強硬。

「我明天就去找妳爸媽。」

第六十三章　我很榮幸

很榮幸。

——張陸讓《蘇在在小仙女的日記本》

聽到這話，蘇在在抬了抬眼，靜靜的看著他。雙眸漸漸變得黯淡了下來，失了神采。很快，她挪開了視線，輕聲道：「如果你來就是要跟我說這個……」

張陸讓猛地打斷她的話：「在在。」

蘇在在頓了下，低低地應了聲。

張陸讓的喉結滾了滾，似乎也有些緊張：「前兩年我陸陸續續接了好幾個案子，畢業後辦婚禮的錢大概是夠的。」

「……」

「我跟妳保證，畢業兩年內，我一定會賺夠房子頭期款的錢。」

蘇在在看著窗外往來的行人，忽然紅了眼。她轉過頭，看著張陸讓。表情和五年前的她重合在一起。

蘇在在突然哭出了聲，扯住他的手，嗚咽道：「哪有你這樣的……」

那時候，她的臉上不施粉黛，稚氣未脫，稍稍說個話都像在撒嬌，任性地抓著他的手不放，不讓他回B市。

而這次，她化著精緻的妝容，穿著工作裝，卻依然像個孩子一樣抓著他的手，控訴他的所作所為。

他們認識了六年，在一起五年。在彼此的眼裡，似乎還是最初的那個模樣。

張陸讓抬起另一隻手，替她擦著眼淚，啞著嗓子：「別哭了。」

蘇在在睜著滿是水霧的眼看他，抽抽噎噎地發洩自己的情緒。

「我說，我想自己一個人回去，你就真的讓我一個人回去。明明我走到那輛計程車那還要十幾步的距離，你都不攔著我！」

「我說，讓你別來找我，你就真的不來。」

「我就生這麼一次氣，你不能多哄一下我嗎……」

張陸讓被她說得啞口無言，良久後才道：「我怕讓妳更不高興。」

蘇在在把他的手拍開，提高了音量：「那你這次真的是惹毛我了。」

聞言，張陸讓湊過去盯著她的眼睛。視線專注，帶著流轉的光。

蘇在在任由他盯，也不再主動開口。她吸了吸鼻子，垂下頭往包裡翻了翻，拿出面紙。

張陸讓猛地輕啄了下她的唇，嘴角彎了彎。

蘇在在的手上還拿著未開包裝的紙巾，被他打了個措手不及，皺著眉說：「你幹嘛，我……還生氣呢。」

他思考了下，認真道：「可愛。」

蘇在在愣了下。

隨後，張陸讓繼續開口，像是沒了皮臉，「想親。」

蘇在在看了他一眼，抿著唇沒說話。下一秒，她還是忍不住了：「你幹嘛。」

張陸讓用鼻子蹭了蹭她的鼻子，溫聲道：「親妳啊。」

蘇在在心中的委屈和怒火慢慢的散去，她揉了揉眼睛，小小地「哦」了一聲。

見她不開口，張陸讓也不介意，繼續道：「帶妳去買果凍？」

「你上次買給我的我還沒吃完。」蘇在在誠實道。

張陸讓點點頭：「嗯，再買給妳。」

他邊說邊發動了車子，往附近一家進口零食店開。

蘇在在一旁看著他的動作，忽然開了口：「你說要等兩年也行，但我就只等兩年。」

說完之後，她又覺得威懾力不夠，悶悶地威脅道：「超過兩年我、我就去找別人了。」

可能是因為在開車的緣故，張陸讓沒有回答她的話。

很快就開到了零食店，張陸讓找了個地方停車，快速的下車買了袋果凍放在後座上，然後繼續開車。

蘇在在的方向感不好，也不知道他要去哪，「你往哪開啊？」

恰逢紅燈，張陸讓停下了車，側頭看她：「我在Z大附近租了間房子。」

蘇在在滿臉疑惑：「你租來幹什麼？」

「想每天都見到妳。」他輕聲說。

話畢，張陸讓收回視線，重新發動車子。

蘇在在看著他的側臉，有些恍惚：「你什麼時候租的？」

「實習的時候就租了。」他也不再像往常一樣什麼都憋著，平靜的回答，「但不想讓妳跟我未婚同居，就一直放著。」

「那你現在……」

「蘇在在，我對妳太冷靜了。」張陸讓開進某個社區裡，找了個停車位，「我總覺得妳年齡還小，什麼都不懂得為自己考慮。」

可他想的太多，卻反而成為了她沒安全感的源頭。

「但好像是我想太多了。」張陸讓解開安全帶，側頭看她。

蘇在在張了張嘴，忽然也有些不好意思：「也不是……」

張陸讓湊了過去，咬住她的耳垂，舔了舔，聲音有些含糊不清：「對妳，只有冷靜是多餘的。」

蘇在在被他的話弄的有些迷糊，卻是忍不住彎了彎眼。

隨後，兩人下了車。

張陸讓牽著她往其中一棟走。

蘇在在看著他的後腦勺，忽然喊了聲：「讓讓。」

張陸讓回頭看她，彎了彎唇：「怎麼了。」

她任由他牽，憋了幾天的話一下子湧了出來：「你真的太過分了，我那天還故意回了下頭你都不衝過來抱著我。」

張陸讓聽著她的話，認真地說：「好，下次我怎麼都不讓妳走。」

「那個司機還跟我說分手只是小事，不用哭得那麼慘。」蘇在在憤憤道。

張陸讓皺了眉，也有些不高興：「別聽他的，這是大事。」

蘇在在乖乖地點頭，聲音帶了點鼻音：「我也覺得，這很嚴重的。」

很快就走到了張陸讓租的房子前。他的腳步頓了下來，把鑰匙遞給蘇在在，「妳先進去。」

蘇在在疑惑地看了他一眼，也沒拒絕，拿著鑰匙開了門。

裡頭的光線很暗，看不清裡面的裝飾。蘇在在下意識的摸了摸旁邊的牆，找燈的開關：「讓讓，開關在哪……」

與此同時，她按到了開關，白亮的燈隨之亮起。

蘇在在的聲音霎時停了下來。

面前是一片白色的牆，貼著上百張她的照片。她的喉間一哽，慢慢的往前走，看著每張照片下寫的字。

——2013年10月1日，在在說：「我家讓讓最好看。」

——2015年8月13日，在在說：「你老婆坐你車上呢！好好開！」

——2017年1月27日，在在來我家了，我親了她。

身後響起了張陸讓的聲音，低醇繾綣，滿滿的溫柔和期待，「蘇在在。」

她轉過頭，看著張陸讓緩緩的單膝下跪，手中拿著戒指盒。

「妳爸媽說妳是掌上明珠，我也知道妳從小就沒受過什麼委屈，一直過得很好。」張陸讓鄭重的看她，「我想給妳好的生活，但妳說妳願意跟我一起吃苦……」

說到這裡，張陸讓頓了頓，語氣有些發澀。

「我唯一能回報給妳的就是，我絕對不會讓妳吃一點苦。」

蘇在在的視線從戒指移到了他的臉上，眼眶又紅了起來。

「我可以等，你不用……」

「蘇在在，是我等不了了。」

「我怕妳跑了。」

「所以，嫁給我好不好。」

他的表情緊張又充滿了期盼，像是得不到她肯定的回答就安不下心。

蘇在在的嘴角終是忍不住向上翹了翹，她將手伸到他的面前，同樣鄭重地點點頭：「好。」

她的心思散漫，沒有什麼大的志向，卻因為他不斷的奮進向上。

他的性格孤僻寡言，不懂得如何表達自己的情緒和愛，卻因為她不斷的努力說出自己。

他們都在為了彼此，成為更好的人。

一年後，蘇在在和張陸讓結束了兩人的大學生活，也結束了六年的戀愛長跑，登記結婚。

當天晚上，蘇在在從床頭櫃裡拿出一個本子。因為用的時間久了，封面有了幾絲裂痕。她伸手翻了翻，也沒看幾眼，直接扔到坐在書桌前的張陸讓面前。

「新婚禮物，之前說要給你的情書。」

蘇在在快速地扔下一句話之後，直接拿著換洗衣物小跑到浴室裡。

張陸讓愣了愣，將手從鍵盤上放了下來，拿過那個本子。

封面上寫著幾個字——《蘇在在小仙女的日記本》。

字跡很清秀，和現在的差了很多。

他忍不住彎了彎嘴角，小心翼翼的打開，認真的看著。

2012年10月9日。

我在福利社外面見到一個男生，長得太好看了。

沒有巴衛的耳朵，但還是讓我整顆心一顫。

我這麼一個絕世大美女，居然被區區一美男子擾了心神。

嗚嗚嗚嗚我要怎麼找到他啊……

瞬間變了理想型 :)

喂，覺得榮幸不，大美人。

就算你沒有貓耳朵，我還是看上你了。

2012年11月3日。

今天我摔跤了，大美人送我去醫院。

回來的路上，他問我：「還錢嗎？」

然後……下一句，他說：「妳把妳帳號給我。」

啊啊啊啊啊啊啊！

永生難忘的一天。

不知道他忘不忘得了。

總之，我忘不了。

2019年6月17日。

今天，我嫁給他了。

張陸讓翻到最後一頁的時候，蘇在在恰好從浴室裡出來。他對她伸出手，柔聲道：「過來。」

蘇在在乖乖的走了過去，縮進他的懷裡。她看到張陸讓拿起筆，認真的在她的話後面補充了一句。

——今天，她嫁給我了。

隨後，張陸讓翻到第一頁。因為心情愉悅，他忍不住笑出了聲。胸腔震動著，讓她回頭看了他一眼。

再回過視線的時候，就看到他那力透紙背的字跡。一筆一劃的，認真的，寫了三個字。

——很榮幸。

兩年後，蘇在在坐在辦公室裡，正準備收拾東西回家的時候，接到了張陸讓的電話。她彎了彎眼，立刻接了起來：「讓讓！」

張陸讓的聲音也帶了笑意：『下班了嗎？』

「下了呀，我準備走了。」

『妳等個十分鐘再下來，我現在開車過去接妳。』

蘇在在「哦」了一聲，突然記起來：「我們今天去看房子呀？」

『嗯，外面下雨了，出來記得帶傘。』

蘇在在往一旁看了看，皺了眉：「我沒帶傘。」

張陸讓也沒太在意，輕聲道：『那我過去接妳。』

他在開車，蘇在在也不想影響他，很快就掛了電話。她往窗外看了看，莫名的恍了神，隨後開始收拾東西下樓。

蘇在在走出公司的大門，在門口等著。

沒多久，她看到了張陸讓的車開到了附近的停車位上。隨後，他打開一把純黑色的傘下了車。

蘇在在盯著他從雨幕中走來，像是回到了九年前的Z中。

張陸讓的五官硬朗，身姿挺拔，全身散發著成熟的氣息。像是那個時候的張陸讓，卻又不再像是他。他緩慢的，大步的走到她的面前，眼睛裡全是溫暖的光。

蘇在在站在臺階上，看著臺階下的他。兩人的視線對上，像是回到在福利社外的那一刻。

那驚鴻的一瞥。

就是那麼的一眼。

僅僅只是那樣的一眼，似乎就把他們的一生定下來了。

如此確切地。

——《當我飛奔向你》正文完——

番外一 婚後

1

新買的房子在市中心，離兩人工作的地點都挺近，回菁華也只需十幾分鐘的車程。房子是三室二廳，蘇在在對一切很滿意，兩人便定了下來，找設計師畫了設計圖，裝潢了兩個月左右便完工。

三個房間分別是主臥、書房，還有一個作為將來的嬰兒房。兩人已經做下了在這裡長居的準備。

這天，蘇在在洗完澡，從主臥室的洗手間裡走了出來，用毛巾搓著頭髮。她的髮量不算多，髮質細軟，只擦了幾下便半乾，看起來蓬蓬的，有些可愛。

此時張陸讓正坐在床上，因為不久前洗了澡，髮尖還有些濕潤。他的背靠床頭，大腿側邊放著筆記型電腦，手上拿著一本書，視線低垂著，聽到動靜才轉過頭看向她，眉梢動了動，提醒道：「吹頭髮。」

說完之後，他的視線再度垂了下來，側了身，雙手扶著電腦，想將其放在腿上。

他說話的期間，蘇在在走了過來，笑嘻嘻的把腦袋枕在他的大腿上，軟軟地說了句：「讓讓，你不打算幫我吹嗎？」

張陸讓的動作一頓，緩緩的將電腦放回原處。她的濕髮蹭在他的皮膚上，有點冰又有點癢。他轉過頭，盯著蘇在在的眼睛，有些無奈：「那妳起來，我去拿吹風機。」

蘇在在沒聽他的，黏的更緊。她轉了個身，雙手環住他的腰，臉頰隔著衣服在他的腹肌上蹭了蹭：「什麼起來，我起不來，要不然你用嘴幫我吹。」

張陸讓：「……」

張陸讓沒再說什麼，側頭把電腦合上，放在床頭櫃上。他悶笑了聲，托著蘇在在的腿彎和肩膀，將她抱了起來，往浴室走。

蘇在在沒反應過來，下意識環住他的脖子。

張陸讓把她放在洗手檯上，從頂上的櫃子裡把吹風機拿了出來，插上電源，輕車熟路的幫她吹著頭髮。他垂著頭，嘴角微微揚著。

吹風機的聲音太大，蘇在在也沒有說話。

過了下，張陸讓確認蘇在在的頭髮全乾了之後，才把吹風機關上。

蘇在在眨了眨眼，將吹風機拿了過來，再度打開，彎著眼幫他吹頭髮。他一愣，唇邊的笑意更深，稍稍彎了腰，讓她不用太費力。

張陸讓的頭髮短，很快便吹乾了。他將吹風機放回原位，這次換了個抱姿，托著蘇在在的臀部，像抱孩子一樣把她抱了回去。

蘇在在勾著他的脖子，在他的耳側小聲道：「下次輪到我抱你。」

「……」張陸讓把蘇在在放到床上，看著她一下子把自己捲入被子中，而後走到一側把房間的燈關上，輕聲道，「睡覺了。」

蘇在在也有點睏了，盯著他放在床頭櫃上的電腦，電源的指示燈還亮著。她思考了下，拍了拍旁邊的位置：「過來陪睡。」

「……」

張陸讓上了床，躺在她的旁邊。

蘇在在很自覺的轉了幾圈，滾入他的懷裡，腦袋枕在他的手臂上，撒嬌般的喊了聲：「讓讓。」

張陸讓低頭吻了吻她的額頭，啞著嗓子道：「睡覺。」

房間裡很快就安靜了下來，與黑夜融成一片寂靜。

但沒過多久又響起了蘇在在的聲音，她的臉窩在他的懷裡，聲音顯得悶悶的，說的話像是百無聊賴的問話：「讓讓，你看看你有那麼多東西，如果上天要剝奪你一樣東西，在我和帥之中，你只能選一個，你選什麼？」

「妳。」張陸讓毫不猶豫。

蘇在在點點頭，繼續問：「那我和高，你選哪個？」

「……妳。」

「我和有錢呢？」

張陸讓有些憋不住了：「妳問這個幹什麼？」

聽到他的問話，蘇在在猛地抬頭，不敢置信地說：「你想選擇錢，我在你心中連錢都不如。」

「……」

「好。」下一瞬，蘇在在坐了起來，單手撐著床，想去拿自己放在張陸讓那側床頭櫃的手機，「我把我的錢都給你……私房……」

張陸讓把她扯了回來，眉眼彎彎的，看起來心情似乎很不錯，清潤潤的聲音帶著滿滿的笑意，「都選妳。」

聞言，蘇在在的嘴角也揚了起來，看起來有些驕傲，她親了親他的下巴，厚著臉皮問：「讓讓，你高富帥的屬性都沒有了呀，那我可能會不喜歡你了，怕不怕？」

張陸讓愣了下，半晌後才喃喃道：「不是只剝奪一樣嗎？」

蘇在在低低的「嗯」了聲，說了半天，濃重的睏意聚集成團，眼皮在這一瞬間有些厚重，沉沉的向下垂。

看著她這幅模樣，張陸讓忍不住揚起唇，替她掖了掖被子，單手撐著太陽穴，盯著她的臉，親了親她的鼻尖，低聲道：「不怕的。」

過了一下，空氣裡再度響起一句話，「你可喜歡我了啊，你只喜歡我。」

見蘇在在陷入了睡夢之中，張陸讓正想起身到書房把剩下的工作做完，一旁的蘇在在突然掙扎著把眼睛睜開，嘟囔了句：「讓讓，你別老是加班和熬夜了……」

張陸讓一愣，還沒來得及開口，就聽到她繼續道：「在總很有錢的呀，哪裡需要你費心費力賺錢……」

這下張陸讓真的笑出了聲，清冽的氣息淺淺的。他看到蘇在在說完之後，又閉上了眼，呼吸變得勻速平緩。

張陸讓側過身，將她全部身體的納入懷中，彎著唇，用氣音道：「好的呀。」

他的嘴唇貼在她的耳邊，帶著溫溫熱熱的氣息。

「美若天仙的在總。」

2

從認識到現在，蘇在在幾乎沒看過張陸讓生氣。

有時候被她惹惱了，也只是默默的不說話。等她再次鬧他，他就會口是心非的說：「沒有生氣。」蘇在在每次都要被他這副模樣可愛死。

直到有一天，張陸讓真的生氣了……

前天晚上，蘇在在的生理期來了，疼得半死不活。

張陸讓剛從公司加班回來，手上還拿著一杯買給她的焦糖奶茶。

見她這副模樣，張陸讓皺了眉，想去幫她泡杯紅糖水，但家裡的紅糖剛好沒了。他想了想，倒了杯熱水塞進她的手裡，叮囑了一句：「別喝奶茶了，等等去床上躺著。」

隨後張陸讓便出了門，等他回來的時候，便看到桌子上的奶茶杯口上插著吸管，裡頭的液體已經少了一半，而沙發上的蘇在在疼得一直掉眼淚。

張陸讓沉默著過去幫她擦了擦眼淚，彎腰把她抱到臥室裡。而後到廚房裡泡了杯紅糖水，端到她的面前小口小口的餵她。

全程一句話都沒有說。

蘇在在嘴饞，沒聽他的話，搞得身體越發不舒服，現在心虛的很。她舔了舔唇，弱弱的說：「讓讓，你別生氣呀……」

張陸讓勉強的扯了扯嘴角，哄道：「快喝，喝完就睡覺。」

蘇在在盯著他的臉，猶豫了下，問了句：「你沒生氣嗎？」

下一秒，張陸讓把碗放到床頭櫃上，垂頭吻了吻她的唇：「睡吧，明天起來就不疼了。」

蘇在在一下子就被這吻安撫了情緒，乖乖的閉上了眼。

結果第二天，蘇在在的生理期不疼了，張陸讓也瞬間變了表情。送她去公司的一路上都沒有開口，不論她怎麼討好他，他的下顎都繃得緊緊的，一副寧死不說話的模樣。

張陸讓只在蘇在在下車的時候開了口，聲音硬邦邦的：「記得吃午飯。」

蘇在在還想說什麼，就看到他很刻意的將頭轉了過去，發動了車子。她站在原地，用鞋子踢了踢地上的石頭，悶悶道：「生氣就生氣，生氣有什麼了不起的！」

「……大不了我跪著哄。」

下班之後，蘇在在打了個電話給張陸讓，知道他要晚一個小時下班，她便自己一人到超市買了肉和菜，準備親自做頓晚飯哄他開心。

蘇在在剛把豬肉放進水裡，正準備切的時候，便聽到門關上的聲音。

張陸讓冷著臉走了過來，將衣袖挽了起來，洗了洗手，而後接過她手中的刀，默默地切著肉。

蘇在在杵在一旁，見他把刀放下了才猛地從後頭抱住他，發洩般的將手上的水蹭在他的襯衫上：「張陸讓！你在生氣！」

聞言，張陸讓沉默了半晌，隨後低低的應了一聲：「嗯。」

「……」蘇在在用手指掐了掐他腰間的硬肉，劈里啪啦的說出一大堆話，「哪有你這樣的，昨天我問你有沒有生氣，你都不理我，今天就跟我發脾氣，你、你太過分了！」

還沒等他開口，蘇在在便著急的補充道：「但我不介意，我就喜歡你這副模樣，來吧，告訴我，你喜歡我用什麼姿勢哄你。」

張陸讓：「……」

下一刻，張陸讓繞過她，再次洗了把手，轉身，猛地把她抱了起來，往房間裡走。

蘇在在愣了下，眨了眨眼，很快就高興地勾住他的脖子，蹭了蹭他的頸窩。

張陸讓瞬間沒了火氣，把她放在床上，單膝壓在她旁邊的床單上，傾身咬了咬她脖子上的軟肉。

「下次再敢這樣，」張陸讓的聲音有點委屈，低低沉沉的，像在賭氣，「我就一天都不跟妳說話。」

蘇在在還沒反應過來，就聽到他繼續道：「……就知道欺負我捨不得氣妳。」

3

兩人結婚兩年之後，蘇在在的肚子還沒有什麼動靜。

今年年初，蘇母蘇父來他們家的時候，有些委婉的提出了孩子的事情，當時蘇在在在廚房切水果，張陸讓一時也不知道該怎麼回答，便認真的撒謊道：「在準備了。」

蘇在在剛好從廚房端出一盤水果，恰好聽到他的話，下意識的望了過去。此時，張陸讓正好傾身去拿茶盤上的茶壺，另一隻手空著，沒有動作。

蘇在在愣了一下，走過去把茶盤放在桌子上，問道：「你們在說什麼？」

蘇母喝了口茶，說：「說你們什麼時候生個外孫給我玩。」

聞言，蘇在在轉頭看向張陸讓，問：「你怎麼說的？」

張陸讓垂下眼簾，不知道在想什麼。很快，他抬起手，摸了摸脖子，輕聲道：「我們在準備了。」

下一秒，蘇在在收回了眼，附和道：「對呀，我們在準備了。」

過了一下，兩人把蘇父蘇母送上了車，便手牽手在社區裡散步。

蘇在在沉默著，在想剛剛的事情，她撓了撓頭髮，突然鬆開張陸讓的手，在他面前轉了一圈，問：「好不好看？」

張陸讓盯著她，沒有回答。

蘇在在也不介意，像是高中時候那樣，換了一種問法：「不好看嗎？」

張陸讓扯了扯嘴角，彷彿被人識破了那樣，他伸手把蘇在在扯了回來，含著笑應了一聲：

「嗯。」

隨後，他看著蘇在在的眼睛，慢慢地把手抬了起來，放在後頸的位置。

蘇在在頓了頓，彎了彎眼，故意哼了聲：「你品味真差。」

她本以為這是一個只有她知道的祕密，可原來張陸讓也知道。

就算後來發現自己有這個習慣的時候，他也不曾在她面前改掉這個習慣，他心甘情願、毫無保留的把自己的全部放在她的眼前。

除了她，別人都沒有的特權。

番外二　張又又

1

醫院裡很安靜，人來人往卻沒發出什麼動靜。

蘇在在拿著超音波單坐在一旁的椅子上，神情愣愣的，幾秒後，突然笑了出聲，像個小傻子。她將手中的單子放進包裡，起身往外走。

恰好手機鈴聲響了起來，蘇在在邊接起來邊往外走，聲音裡帶著滿滿的笑意，幾乎要從中溢出來：「讓讓！」

那頭的聲音溫溫和和的，冷硬中帶了點暖意：『妳在哪？』

蘇在在看了看身後的醫院大門，視線轉了轉，看著不遠處的地鐵站，反問道：「那你在哪？」

『剛出公司。』說完這句，他頓了頓，繼續道：『上車了，現在打算去接妳。』

蘇在在彎了彎唇，往前走了幾步，下樓梯走進地鐵站裡：「那你來家裡附近那個地鐵站接我好不好？我現在準備上地鐵啦。」

『好。』他應得很快。

十多分鐘後，蘇在在下了地鐵，走出站口，一眼就看到站在不遠處的張陸讓。她一愣，連忙小跑過去，撲進他的懷裡。

此時正是下班高峰期，周圍的人並不少，看到他們親密的舉動，都若有似無的把視線投了過來。

張陸讓也沒覺得不自在，下意識的摟住她的腰，用下巴蹭了蹭她的髮心，輕描淡寫的問：「去哪了？怎麼沒在公司待著？」

蘇在在的臉悶在他的懷裡，聲音低低弱弱的：「醫院。」

張陸讓的身體一僵，連忙鬆開了手，雙手扶著她的臉，向上一抬，皺著眉問：「怎麼去醫院了？」

蘇在在掙扎了下，將他的手掙脫開，繼續把臉埋在他的懷裡。

張陸讓的整顆心一下子就提了起來，懸在半空中，他的拳頭捏緊了些，喉結滾了滾：「妳……」別嚇我。

還沒等他說完，蘇在在就開了口，氣息噴在他的胸口，有點癢：「讓讓……」

聽出她聲音中的愉悅，張陸讓鬆了口氣，耐心地問：「嗯，怎麼了。」

想到那個好消息，蘇在在再也忍不住了，抬起頭，喜滋滋的說：「我懷孕了。」

「……」

看著他的表情瞬間停滯了下來，蘇在在有些鬱悶的戳了戳他的臉，但依然很有精神：「我們有寶寶啦！」

幾秒後，張陸讓終於反應了過來，盯著她的眼睛，表情沉沉的，看不出情緒。

蘇在在正想再說一遍的時候，張陸讓終於開了口，深邃黝黑的眼底一片光亮湧動：「寶寶？」兩個字一字一頓，像是從喉嚨、唇齒間捲過，帶著濃濃的繾綣和溫柔。

下一刻，張陸讓突然悶笑了聲，猛地抱起她的腰轉了一圈，引來她的驚呼。

等蘇在在反應過來的時候，雙腳已經重新與地面接觸，額心隨即感覺到一片溫熱，伴隨著男人低沉潤雅的聲音。

「我的寶寶有了我的小寶寶。」

他們的家，要完整了。

2

蘇在在懷孕的期間並沒有其他人說的那麼痛苦，除了第三個月的時候有些反胃，還有肚子日益變大，基本沒有別的症狀。

她的脾氣沒有變差，整天依舊一副笑嘻嘻的樣子，倒是比以前纏人了些，見到張陸讓就窩在他的懷裡，半天都不走。食欲很好，食量比之前變大了些，臉也因此圓潤了一圈，比起之前的豔麗多了幾分可愛。

預產期在九月份，還有一個月的時間。

蘇在在的肚子已經很大了，有時候半夜起來，會覺得恥骨疼的厲害，腿也抽筋難受。

張陸讓很淺眠，能察覺到她的動靜，每次都立刻起身幫她按摩，讓她的疼痛舒緩些。

蘇在在要再度入睡的時候，也會強忍著睏意，抬頭親親他的唇，撒嬌般的說：「讓讓你真好。」

張陸讓的心臟突然有些疼。

一個之前因為一點小擦傷都會流半天淚水的蘇在在，因為他們的孩子，似乎什麼都不怕了，一夜之間像是堅強了無數倍。

他垂下頭，用鼻尖蹭了蹭她的鼻子，引來她一陣嘟囔聲。而後，他替她掖了掖被子，輕聲開了口。

「我的在在真好。」

3

兩人經過和父母商量，決定自然產。

聽到這個決定，蘇在在的心情很好，牽著張陸讓的手，一臉期待：「讓讓，自然產多好呀，對我和寶寶都很好的。」

張陸讓捏了捏她的指尖，點了點頭：「怕不怕？」

聞言，蘇在在轉頭看向他，似乎有些不理解：「怕什麼呀？生個孩子，就像電視上那樣嚎幾聲就過去了啊，你等我二十分鐘，我肯定給你個孩子。」

「……」

「讓讓，你現在已經二十五歲了，要成熟一點，不要連這點小事都承受不起。」

「……晚上想吃什麼？」

當天晚上，蘇在在從夢中驚醒。夢境中的內容她已經記不清了，就是心口悶得慌，亂成一團。

張陸讓很快就發現了她的動靜，立刻坐起身，聲音沉沉的：「又疼了？哪疼？」

蘇在在坐著沒有動，也沒有說話，眼淚啪啪啪的直掉。下一秒，她忽然像是孩子一般的哭了出來，抽抽噎噎的：「讓讓，我怕……」

張陸讓的表情一愣，眼中的睡意一掃而光，他湊過去用手指擦了擦她的眼淚，「嗯」了一聲，也說不出話來。

「自然產好痛的，我光是看那些影片都覺得怕……」蘇在在抹著眼淚，因為太久沒哭了，眼睛一哭就紅得滴血，「還說什麼宮縮的時候要剪開……嗚嗚嗚還不打麻藥……」

張陸讓的眼睛也紅了，他垂下了頭，跟蘇在在平視，眼中的水霧瑩瑩，「我們就生這一次。」

她的痛苦，張陸讓無法幫她分擔。他只能陪著她，在她疼的時候替她舒緩疼痛，在她崩潰的時候安撫她的情緒。

「以後寶寶出生了，我們不用他對爸爸好了。」張陸讓啞著嗓子，將她抱入懷中，「媽媽那麼辛苦，就對媽媽好就夠了。」

這樣，一切就足夠了。

蘇在在的哭聲止了下來，將眼淚蹭到他的衣服上，小聲的說：「爸爸也很辛苦的，所以要分一半的好給你。」

張陸讓的喉結滑動著，盯著她的髮頂。

她心中的恐慌與不適感一下子就蕩然無存，蘇在在吸了吸鼻子，鄭重道：「我們都要公公平平的，得到一樣多的愛。」

都得到那麼多的愛。

4

二〇二三年九月，張家多了個新成員，一個小女生，張又又。

又又遺傳了蘇在在的大眼睛，臉蛋肉乎乎的，笑起來露出一口小白牙，又甜又萌。嘴巴甜甜的，總令人忍不住去逗她玩。

按她外公外婆的說法，就是和蘇在在小的時候一模一樣。

兩人之前對對方說的「那她真的是沒爸媽疼」這句話，似乎在孩子出生的那一刻，就已經將其拋之腦後。

這天，張陸讓去市幼稚園接又又回家。她剛滿三歲，說出來的話還有些不連貫，聽起來軟軟的：「爸爸、爸爸。」

「嗯。」張陸讓單手抱著她，聲音軟了下來，「怎麼了？」

下一秒，又又用肉嘟嘟的小手指戳了戳他的臉頰，嘿嘿的笑出了聲，眼睛彎成一個小月牙：「爸爸，好看！」

張陸讓彎了彎唇，側頭看了她一眼，順手拿著車鑰匙打開車門，邊將又又放在後座的安全座椅上，邊問：「爸爸怎麼好看？」

又又咧著小嘴，正經的答：「媽媽說，爸爸，好看！」

「媽媽還說了什麼？」

又又歪著腦袋，似乎在思考著他的話，很快就答：「媽媽，漂亮！」

聞言，張陸讓笑出了聲，坐到駕駛座上，繼續問：「還有嗎？」

又又的小腿在空中一蹬一蹬的，說出來的詞有些不清楚，聽起來格外可愛：「還有還有，媽媽說，又又可愛！」

張陸讓還想說些什麼，轉過頭，還沒開口，就看到又又把雙手舉了起來，得意洋洋的重複了蘇在在的話：「都要誇一遍！」

張陸讓愣了愣，很快就傾身揉了揉她的腦袋，眼中的光彩奪目刺眼，口中說出溫和的話：「嗯，媽媽和又又說的都對。」

5

又又一年級的時候，老師安排了一個家庭作業，寫一篇一百字的作文，題目是選擇寫自己的爸爸或者媽媽。她糾結了好一陣子才動了筆。

晚上，又又睡著之後，蘇在在習慣性的拿出她的作業檢查著，很快就翻到那篇作文。

上面用鉛筆寫著字，看起來歪歪扭扭的——

我的爸爸話很少，很溫柔，對我和媽媽都很好，會買好吃的給我們。我的媽媽話很多，也很溫柔，對我和爸爸很好，她會買好看的衣服給我們。我的話也很多，經常逗他們開心，我的家很幸福。爸爸、媽媽都很好，我也很好，所以不能只寫一個人。

蘇在在眼中含笑，把本子放回書包裡，走到床邊吻了吻又又的額頭，而後便輕手輕腳的出了房間。

張陸讓剛從浴室裡出來，用淡藍色的毛巾揉搓著頭髮，濕潤的眼直直的看著她，輕輕問：「又又睡了？」

蘇在在點點頭，走過去站在他的面前，盯著他的臉，認真道：「又又長得像我，性格像你。」

聞言，張陸讓立刻搖頭，也很認真：「都像妳。」

蘇在在哼了聲，窩進他的懷裡，他的胸膛寬厚有安全感，有些滾燙：「我爸媽都記錯了……我小時候哪有那麼乖。」

張陸讓揉著她的腦袋，沒有說話。

「好喜歡又又，我們的小寶貝。」蘇在在突然道。

張陸讓「嗯」了聲，親了親她的髮心，帶了點濕意的毛巾垂下來，觸感有點冰涼。

因為，她像你，又像我。

6

有了又又之後，蘇在在的性格成熟了不少，比起之前的歡脫多了幾分沉穩。她會細心的幫又又準備好她需要的東西，也會在她不明白和難過的時候替她一一解決困難。

又又再長大幾歲之後，總會聽到外公外婆或者是媽媽的朋友們說，媽媽的性格很像孩子，幼稚又讓人無可奈何。

她一點都不相信，因為她從來都沒有見過那樣子的媽媽。

直到有一天，張又又路過父母臥室的時候，聽到了裡面傳來的聲音——

「讓讓，你今天還沒有抱我……」

「哪有你這樣的！你明天要出差怎麼不跟我說呀！」

「才說五遍怎麼夠，我會忘記的，我不管，我會忘記的，嗚嗚嗚嗚我想跟你一起去……你要去兩天呢嗚嗚嗚嗚……」

張又又：「……」

番外三　張陸讓

張陸讓第一次見到蘇在在的那一天，天氣並不好。

沒有帶著暖意的陽光，也沒有碧藍澄澈的天空作為背景，沒有白雲在其上暈染，沒有任何美好的事情來祝賀他們的遇見。

那就是一個很普通的雨天，天空也霧濛濛的，像是一層層的壓抑不斷堆積起來，下一秒就要蓄勢待發。

那是一個令他覺得心情很悶躁的雨天。

廣播體操結束後，張陸讓想去福利社買瓶冰水降降溫。他從人群中擠過，被人撞到了下巴，力氣還不小。當時人群洶湧，不經意的碰撞其實也不為過，但他正想轉頭繼續往前走的時候，卻被人握住了手腕。

被那個撞到自己的女生。

她似乎也很緊張，只扯了一下便立刻鬆開，之後也沒有開口解釋。

張陸讓皺了眉，轉頭看她，視線慢慢的向下垂，注意到她的眼睛，眉目間本升起的冰碴子一下子就瓦解了，不知緣由的。

他看到她的表情帶了點怯意，說出來的話也軟軟的，和那天的聲音重疊在一起。

「……你叫什麼名字？」

──「蠢貨，下雨了就跑起來啊，還走著淋雨。」

那一刻，張陸讓也不知道自己在想些什麼，明明他可以直接不回答就走，可他卻愣是吐出了兩個字：「蠢貨。」

那樣的衝動，讓他完全沒有抵抗的能力。

讓他這輩子都想不透的衝動。

之後，很奇怪的是，他和她的遇見似乎開始多了起來。

一個開學以來他只在福利社前方見過一面的的女生，頻頻的在他的視線範圍內不斷的出現。

她的性格十分張揚，也異常歡脫，總做出一些讓人啼笑皆非的事情，看起來傻乎乎的。

張陸讓只知道有這麼一個人的存在，卻不知道她的任何資訊，不知道她叫什麼名字，也不知道她在哪個班級。

後來，張陸讓聽到另一個女生喊了她的名字。

「蘇在在。」

他就站在前面，正想回頭確認一下到底是不是她，就聽到她開了口，語氣生硬迅速，像是背書一樣講解物理題：「我覺得那題不是這樣子的。你看，汽車剎車過程是等速度直線運動，採用逆向思維將其看作反向的由靜止開始的勻加速直線運動……」

張陸讓裝完水，轉身往班級的方向走，視線一掃，看到蘇在在身後排著幾個同班的男生，此時正憋紅了臉正在偷笑。他的腳步一頓，很快就繼續向前走。

回到班裡，沒過多久那幾個男生也回來了，吐槽著蘇在在把加速度的單位說錯的事情，一陣哄笑聲擴散開來。

張陸讓突然有些煩躁，抿著唇，食指在桌子上敲打著。

前桌的葉真欣也剛從那幾個男生堆裡過來，揚著笑跟他重複著蘇在在的那件糗事，他們都不知道蘇在在的名字，只用著「有個女生」這四個字來替代。

他走了神，不知道在想什麼，眉眼低垂著，看起來帶了點順從的意味。

見張陸讓不說話，葉真欣張了張嘴，正想繼續開口，就看到他的嘴角向上彎了彎，一個很小很小的幅度。

葉真欣一愣，臉頰冒起一片紅暈，低聲道：「是不是很挺有趣的？」

與此同時，張陸讓的眼瞼抬了起來，疑惑道：「什麼？」

「……」

蘇在在再一次來資優班的時候，張陸讓正拿著計算紙思考著一道數學題的解題方法，葉真欣回著頭趴在他的桌子上，拿著筆在本子上塗塗畫畫，苦惱道：「我感覺這題……」

張陸讓下意識的向後傾身，沒過多久，班裡的一個男生的聲音傳來：「喂，張陸讓，你不行了啊，這週有三個來找周徐引的，你才兩個！」

他緩緩地抬起了眼，看到站在門口的蘇在在，表情有些無措。來找周徐引的。

張陸讓微不可聞般的「哦」了一聲，頓了頓，突然把手中的本子放在桌子上，有些煩躁地撓了撓頭。

再抬眼時，門口已經沒了人影。

跟蘇在在有真正意義上的接觸，是從她送傘給自己那天開始。她的性格和張陸讓猜測的一樣，明朗外向，連笑聲都暖融融的，意外的是有點……厚顏無恥，但似乎又有些敏感。

蘇在在可以面不改色的說他的冷漠是「冷暴力」，但又會在下一瞬緊張的問他應該知道她是在開玩笑的吧？

張陸讓不想理她，也不想回答，可看到她那小心翼翼的模樣的時候，卻還是忍不住應了一聲。

他覺得自己很反常，可他覺得他該說話了，僅僅只是回應她一下下都好。

張陸讓覺得她的臉上不應該有那樣的表情，卑微、懇求、求之不得的，他覺得莫名其妙，也覺得心裡有點……不舒服。

蘇在在就這樣以一種強勢而又孩子氣的方式進入他的生活，點點滲透，融合，直至再也無法有絲絲的分離。

像是已經融入了骨血之中。

張陸讓覺得自己一遇上蘇在在就特別反常，做出來的事情沒有一樣能讓自己理解。

也因此，在公車站遇到她的那一次，她跟自己要帳號的時候，張陸讓的第一反應就是撒謊。直接拒絕可能會讓她尷尬，但他不能跟她有太多的接觸，不然會越來越奇怪。

可最後好像還是讓她難過了。

車發動後，張陸讓還是若有似無的把視線放在她的身上，看到她強忍著淚的表情，驀地一愣。

他垂下眼，摸了摸胸口，有些懊惱。

張陸讓本以為蘇在在不會再出現在他的面前了，可第二天去閱覽室的時候，她還是來了，坐在他的旁邊。

原本認真寫題的他一下子就被分了神，聽著她背著元素週期表，原本一直堵著的心情似乎一下子就疏通開來。

在聽到她聲音的那一刻。

真正讓他忍不住的時刻，是校園會的前一天晚上，蘇在在來班裡找他的時候。

張陸讓覺得兩人的關係越來越近，讓他覺得愉快……又有些焦灼和惶恐不安。

蘇在在說的每一句話，其實他都聽得清清楚楚，比如那一句：「讓讓你太厲害了吧！」她裝作沒喊他讓讓，可他聽得一清二楚，只是裝作不知道。

他覺得自己該做出點什麼了，用來克制自己，也用來保持兩人的距離。因為不管要發展成什麼樣的關係，都不應該是這個時候。

張陸讓覺得自己猜對了蘇在在的心思，所以他問了：「妳喜歡我？」

然後……算了。

那是他覺得最窘迫和無地自容的一個晚上。

但每一次跟蘇在在的相處，其實都讓他覺得十分愉快和期待。

無論做什麼，她的舉動都像是在顧及他的情緒，但張陸讓很清楚，她完全無心，就是下意識的這樣做了。

張陸讓真的不知道為什麼蘇在在會對他這麼好。

她給了他全身心的信任和鼓勵，也將所有的喜愛都給他，從來沒有吝嗇過。她將他從小缺失的愛一一填補，就能連經意的舉動，都帶了甜膩膩的味道。

所以，他怎麼能不喜歡她呢。

怎麼能呢。

張陸讓曾經在本子上寫了這樣一句話：「如果他們只生了阿禮，那該有多好。」

可如果命運能提前告訴他，它已經決定好了，會讓他遇見這麼一個人，命中註定會讓他遇見蘇在在。

那麼他，可不可以活得長一些。

得到了這樣一個賞賜，他們可不可以，都活得長一些。

到後來，很久以後，張陸讓再想起這天的時候，腦海裡已經想不清晰當時的場景了，記憶裡唯一的片段就是——

撐著暗紅色雨傘的少女緩緩的抬頭，小臉蛋白淨，嘴唇抿著，烏黑明澈的眼骨碌碌的望向他，彷彿被空氣中的霧氣沾染了幾分濕氣，看起來卻格外明亮。

那一眼，像是在暗示著他。

你的光來了。

——《當我飛奔向你》番外完——

——《當我飛奔向你》全文完——

高寶書版集團
gobooks.com.tw

YH 156
當我飛奔向你【下】
作　　者　竹　已
責任編輯　吳培禎
封面繪圖　虫羊氏
封面設計　虫羊氏
內頁排版　賴姵均
企　　劃　何嘉雯

發 行 人　朱凱蕾
出　　版　英屬維京群島商高寶國際有限公司台灣分公司
　　　　　Global Group Holdings, Ltd.
地　　址　台北市內湖區洲子街88號3樓
網　　址　gobooks.com.tw
電　　話　(02) 27992788
電　　郵　readers@gobooks.com.tw（讀者服務部）
傳　　真　出版部(02) 27990909　行銷部 (02) 27993088
郵政劃撥　19394552
戶　　名　英屬維京群島商高寶國際有限公司台灣分公司
發　　行　英屬維京群島商高寶國際有限公司台灣分公司
法律顧問　永然聯合法律事務所
初　　版　2024年4月
初版二刷　2024年5月

本著作物《她病得不輕》，作者：竹已，由北京晉江原創網絡科技有限公司授權出版。

國家圖書館出版品預行編目(CIP)資料

當我飛奔向你/竹已著. -- 初版. -- 臺北市：英屬維京群島商高寶國際有限公司臺灣分公司, 2024.04
冊；　公分. --

ISBN 978-986-506-949-0(上冊：平裝). --
ISBN 978-986-506-950-6(下冊：平裝). --
ISBN 978-986-506-951-3(全套：平裝)

857.7　　113003804